길 위에서 나는
조금 더 솔직해졌다

4,300킬로미터를 걷는 동안

길 위에서 나는
조금 더 솔직해졌다

이수현 지음

알에이치코리아

"여행은 제게 바쁜 일상의 오아시스이자 이탈하지 않기 위한 일탈입니다. 숨 가쁜 스케줄 중에도 SNS를 통해 만나는 작가의 여행 이야기는 저를 잠시 상상 속의 여행길에 오르게 해줬습니다. 독자 여러분도 이 책의 활자 위에서 각자의 여정을 시작해 보기를 바랍니다." _류승룡(배우)

"어느 예쁜 여행 이야기라고 생각하면 큰 오산이다. 한 사람이 길 위에서 녹여낸 찬란한 삶의 수행 이야기라고 표현하고 싶다. 왜 그녀에게는 묘한 설렘과 말로 표현할 수 없는 그림자가 함께 공존하는 것일까 항상 궁금했다. 이 책을 읽고 나서야 알게 되었다. 그림자가 아닌 많이 비워냈기에 생기는 생각의 깊이였구나. 주변의 시선을 뒤로 한 채 치열하게 자신과 마주했던 그 과정과 길 마디마다 등장하는 그녀의 생각을 읽노라면, 내 마음마저 오르내리고 철렁할 때가 한두 번이 아니었다.

비워야 채울 수 있다는 것을 다시금 깨닫게 해준 책이다. 길을 잃어도 괜찮다고, 의미 없는 시간은 없으니 조급해하지 말고 즐기라고 말을 건넨다. 나도 이렇게나 위로를 받았으니, 앞으로 이 책을 통해 많은 사람이 자신만의 길을 사랑해줄 용기와 위로를 받을 수 있을 것이라 믿는다.”_김물길(작가)

“수현은 꼭 들꽃 같다. 그래서인지 책 속 그녀의 길엔 날 것의 은은한 향기로 가득하다. 이 책은 흔들리는 청춘을 상냥하게 안아주거나 하지 않는 대신, 앞에 놓은 빈 잔에 조금은 무심하게 쓴 소주를 채워준다. 그런데 그게 참 이상하게 따뜻하고 위로가 된다. 그녀의 발걸음으로 채워진 소주 한 잔에 입을 적시고 나면, 분명 오늘 묵묵히 한 걸음 더 걸어낼 용기가 생길 것이다. 흔들리되, 무너지지 않았던 그녀처럼.”

_여행자 May(작가, 유튜버)

차례

1.
위태로운
나의 첫 걸음

SOUTH CALIFORNIA
0~889.6km

4.
나는 무엇을 위해 걷고 있을까

OREGON
2,707.2~3,436.8km

5.
세상의 끝까지 달려보자고

WASHINGTON
3,436~4,244.8km

번외.
다시 길 위에서

'이번 역은 구파발, 구파발역입니다.'

도시의 소음이 귓속을 맴돈다. 서울 한복판에 서 있는 나의 모습이 익숙해진 어느 날이었다. 적당한 바람이 머리칼을 흔들었고 적당히 바쁜 이 도시가 이제 정말 그리워하던 어제가 아닌 오늘이라 생각이 된다.

꿈이었을까. 내가 그날들의 별을 헤아리던 건 꿈이었을까. 이렇게 살아도 될까 싶은 생각이 들 만큼 일상에 익숙해져 가는데 그때의 날들과 그 속의 내 모습은 왜 이리도 선명한 자욱으로 남아 있는 걸까.

스르르 눈을 감으니 세상의 소음이 더는 들리지 않는다. 그날 흙 한줌을 부여잡고 울던 내 모습이 뇌리를 스친다.

1.
위태로운
나의 첫 걸음

SOUTH CALIFORNIA

0~889.6km

걸음의 조각보

이건 결코 아름다운 여행 이야기가 아니다. 시간이 지나고 오색빛으로 물들었던 생동감이 서서히 힘을 잃고 흑백으로 변해가는 과정에서 우리는 그 시절의 이야기들을 망각하곤 한다. 결국 남는 건 '집 떠나니 개고생이다.'

불과 몇 개월 전까지만 해도 이동할 때 어떤 수단을 이용해야 할까 고민했는데 이제 내가 고민해야 할 교통수단 같은 건 없다. 다만 내가 생각해야 하는 건 '하루에 얼마나 걸을 수 있을 것인가.' 그리고 '6개월 안에 무조건 캐나다에 도착해야 한다.'

와 같은 것들이었다. 온전히 나에게만 의존해야 하는 길… 이전과는 다르게 무게감 있는 질문들이 떠올랐다.

바뀐 환경과 여행이 주는 또다른 설렘과 막연함. 당분간은 아침엔 창밖에서 새어나오는 빛이 아닌 텐트 사이로 스며드는 빗물에 눈을 뜰 테고, 인도에서 산 예쁜 원피스가 아닌 기능성을 완비한 등산복을 주섬주섬 입고 나설 테다. 깨끗한 물로 하는 샤워 대신 계곡을 찾아다니며 씻는 모습까지 눈에 선하다.

'엄마, 나 처음 걷던 날 기억해?'
'너의 첫 걸음? 위태로웠지.'

첫 걸음을 내딛었다. 건조한 대지 위에 닿은 신발 밑창이 요란스럽게 소리를 낸다. 처음 듣는 내 발소리와 땅을 내려찍는 두 개의 지팡이 소리가 오선지 위에 춤추는 음계처럼 덜컹거린다. 발걸음 소리가 위태롭게 걸음들을 맞춰 나간다.

텐트 치는 법을 몰라요,
나는 몰라요

어쩌다 보니 트레일 엔젤*
하우스에서 만난 한국인 커플과 함께 동행하고 있었다. 첫 날이
다 보니 우리 셋은 걸음이 비슷했고 캠핑에 능숙한 그들이 팬스
레 든든했다. 이름을 알려줬는데 사실 기억이 잘 나지 않는다.
하지만 예감이 든다. 이들이 왠지 나의 길에 큰 추억의 부스러
기가 되리라.

⌣

트레일 엔젤trail angel 트레일 엔젤은 하이커를 순수하게 돕는 사람들이다. 트레
일로 복귀하기 위해 차를 태워 준다던가 자신의 마당이나 집을 내어 주기도 한다.

텐트를 펴고 한참을 서성였다. 텐트 속에 구겨져 있는 설명서와 30분 동안 싸우고 있으니 옆에 있던 한국인 하이커가 나에게 말을 건다.

"수현 씨, 텐트 치는 법 몰라요?"

나는 내가 모른다는 걸 타인이 아는 게 싫었다. 내가 가진 상처나 결핍을 타인이 알게 되면 흠이 되지 않을까 하는 얄팍한 생각 때문이었다. 아는 척 넘어가는 그 순간이 내 모든 그늘을 가려줄 거라 믿었다. 그러나 지나친 관용이었다.

"네, 몰라요."

모른다고 대답하기까지 수많은 내가 나타났다. 형용할 수 없는 모든 감정들이 빠르게 터지기 시작했다. 그리고 마침내 결심했다. 내가 걷는 모든 길 위에서 나누는 대화에 결코 나를 속이지 말자고. 목구멍까지 차올랐던 뻐근한 액체를 삼킨다. 이 길 위에서, 나는 솔직해져 보기로 결심했다.

첫 도시,
모레나 레이크 컨트리 파크

드디어 첫 도시가 저 멀리 보인다. 그곳에선 물을 뜰 수 있고, 부족한 식량을 보급 받을 수 있다. 이틀만의 첫 도시. 반갑긴 하지만 잡을 수 있을 것 같은 거리가 꽤나 멀게 느껴진다. 뜨거운 한 여름의 사막. 저 오아시스 같은 도시에 서둘러 도착하려 애를 쓴다.

이윽고 도시에 다다르자 먼저 도착한 하이커들이 텐트를 치거나 그늘에 누워 더위를 식힌다. 나도 벤치에 가방을 두고 작은 도시를 두리번거렸다. 오직 작은 구멍가게와 몇 채 안 되는 집들만이 이곳을 고요히 지키고 있었다. 나는 쏟아지는 태양을 이기지 못하고 시원한 맥주 한 캔으로 목을 축이고자 구멍가게로 들어섰다. 가격이 꽤나 있었지만 가격 따위 중요하지 않았다. 맥주 캔을 덥석 집어 목을 축인다. 그제야 긴장이 풀린다.

맥주를 한 캔 마시니 온몸이 늘어지기 시작했다. 다시 길을 나서서 길 위에 텐트를 칠 계획이었지만 괜스레 가기 싫어졌다. 다시 가방이 있던 자리로 돌아가 가방을 들쳐 메고 마을에 텐트 칠 곳을 찾아 헤맸다. 표지판이 있는 곳에 다가가니 하이커들을 위해 만들어 놓은 캠핑장이 있었다.

"수현 씨도 오늘 출발하지 않으려고요?"
"네. 날도 덥고 맥주 한 캔 마시니 게으름을 피우고 싶어지네요."
"우리가 경주하기 위해 이곳에 온 건 아니니까, 이 정도의 사치는 괜찮을 거예요."

퍼시픽 크레스트 트레일Pacific Crest Trail*, 줄여서 PCT는 도시와 도시를 걷는 산티아고 트레킹과 다르게 산속을 걷는다. 일주일 동안 산속을 걸어야 부근 마을에 들려 식량을 보충하거나 전자제품을 충전할 수 있기 때문에 이 길의 오아시스와 같은 존재다. 가방을 열어 확인해 보니 식량은 절반 정도 남아 있었다. 이 정도의 양이면 충분할 성싶지만 여유 있게 채워 두었다. 아까 만난 하이커의 말처럼 앞만 보며 달리자고 이 길을 걷는 게 아니기에 가지가 늘어진 나무 밑에서 며칠간의 고단한 긴장을 한껏 풀어 본다.

퍼시픽 크레스트 트레일(PCT) 미국 3대 트레일 중 하나. 멕시코 국경부터 캐나다 국경에 이르는 미국 서부를 종단하는 코스로 총 거리는 약 4,300km이다.

길 위에서의 콧노래

어제 일정에도 없이 하루를 멈춰 제로데이*를 보냈기에 서둘러 움직여야 했다. 해가 뜨기도 전에 헤드 랜턴을 켜고 길을 나섰다. 새벽빛을 따라 길을 걷는데 스치는 바람 소리와 풀숲에서 노래하는 벌레들의 랩소디가 왜 그리도 공포스럽게 들리던지, 신경을 곤두세우고 걸어야 했다.

‿‿

제로데이zero-day 하이커들이 식량을 구하기 위해 혹은 지친 몸을 쉬어가기위해 산속에서 마을로 내려와 자신만의 휴식을 갖는 날을 지칭한다. 보통 충분히 휴식을 취하며 샤워를 하거나 전자제품을 충전하거나 건강한 음식을 먹으며 보낸다.

한 시간쯤 걸었을까, 저 멀리 태양이 인사를 한다. 이제 그만 무서워해도 된다고. 랜턴을 가방에 넣고 어제 저녁에 만들어 놓았던 아침밥을 꺼내 먹는다. 그래봤자 인스턴트 쌀에 소금을 쳐 만든 주먹밥이 전부지만 짜디짠 주먹밥이 입안을 맴돌면 왠지 배시시 웃음이 나온다. 밥을 먹고 조금 더 빠르게 걷기 시작했다. 제아무리 느린 삶을 지향한다고 해도 PCT에서 가장 중요한 건 시간이다. 물론 시간의 제약 없이도 걸을 수는 있지만 그럼 더욱더 험난한 길을 마주하게 된다. 그래서 서둘러 북쪽으로 향해야 한다.

뜨거운 캘리포니아의 태양은 오전 10시부터 기승을 부리기 시작했다. 모자를 덮어썼지만 정수리에 내려앉는 태양볕에 머리가 지끈거리기 시작했다. 어제 물을 구할 수 있던 캠핑장에서 물을 충분히 떠왔지만 더위를 이기지 못한 나는 물을 아낄 생각도 못하고 연신 들이킬 수밖에 없었다. 점점 더 뜨거워지는 태양에 입 밖으로 거센 말들이 뿜어져 나온다. 땅 위에 아지랑이처럼 핀 더위가 기승을 부린다.

턱턱 막히는 숨을 고르기 위해 그늘을 찾아 헤매기 시작했다. 조금만 쉬었다 갔으면 하는 바람이었지만 사막에서 그늘 찾기란 하늘의 별 따기만큼 힘들었다. 그늘을 만들어주는 큰 나무보다 작은 풀 따위들만이 허허벌판에 자라고 있었다. 그래도 곧 그늘이 나올 거라는 희망을 안고 걸음을 멈추지 않았다. 저 멀리 따라오던 민아와 한수 또한 어느새 지쳤는지 쉴 곳을 찾는 것 같았다. 모두가 지쳤을 때쯤 오아시스와 같은 나무 한 그루가 저 멀리 보였다.

'저기다.'

무거운 가방을 메고도 나무 밑으로 단숨에 달려갔다. 가방을 바닥에 던져 버리고 물 한 잔을 마시는데 누군가 나를 보고 있다. 옷차림새와 겉모습을 보니 하이커라는 생각이 들었다.

"안녕, PCT 하이커니?"

어색한 인사와 함께 손을 내밀었다. 하이커는 내 손을 꽉 잡고 밝은 미소를 지었다. 타일러와의 첫 만남이었다. 다 늘어진 티, 찢어져 가는 신발과 까무잡잡한 피부, 꼬불거리는 긴 파마 머리, 쏙 들어간 눈, 자신은 캘리포니아에 사는 타일러라고 소개했다. 음악을 좋아하고 예술을 사랑한다고. 그는 가끔 우스꽝스러운 표정을 지으며 사막 한가운데에서 근심을 내려 놓게 해주는 친구가 되었다.

타일러는 민아의 우쿨렐레를 빌려 기교 없는 곡들을 덤덤하게 들려주었다. 온 세상이 멈추고 근심이 사라지는 것 같은 노래들을 휘파람을 섞어 부른다. 서로 처음 본 우리지만 나와 한수, 타일러, 민아는 박자와 음계를 무시하고 멋대로 우리의 노래를 만들어 부른다.

시간이 어떻게 흘러가는지, 우리가 얼마나 가야 하는지, 고민 따위는 하지 않는다. 조용한 사막 위에 우리들의 노래와 시간만이 흐르고 있다는 생각에 지금, 이 순간만큼은 조금 더 느리게 걷고 싶다는 생각을 한다.

늦은 오후의 상상

길 위에서 생활한 지 4일 정도가 지났다. 첫 번째 구간 사우스캘리포니아는 건조한 사막지대를 지난다. 흔히 사막지대라고 하면 지평선이 보이는 광활한 모래언덕이 상상되는데 이 길을 걸으며 사막에도 종류가 다양하다는 것을 알게 됐다. 우리가 느끼고 있는 초입부의 사막은 부스러지는 모래알과 그늘조차 만들어 줄 수 없는 키 작은 나무들이 줄 서 있다.

"아. 지독하게 덥다."

옆에서 내 혼잣말을 듣고 있던 한수가 격려의 말을 남긴다.

"조금만 힘내자. 그늘이 보일 거야."

"오빠, 앞을 봐요. 나무 한 그루 없는 사막이에요, 사막. 괜히 희망 따위 주지 마세요."

기승을 부리는 더위에 나도 모르게 오빠에게 짜증을 내버렸다. 머쓱해진 오빠는 언니 옆으로 돌아가 걷기 시작했다.

"먼저 가세요. 쉬다 갈래요. 못 가겠어요."

가방을 바닥에 던져놓은 채 작은 그늘에 기대어 파란 하늘을 올려다 보았다. 오르막을 막 오른 터라 숨이 막혔다. 물을 꺼내어 마시고 더운 공기에 나의 숨을 불어넣었다. 간식거리를 오물조물 씹는데 턱- 하고 목이 메었다. 느끼한 미국과자. 한국의 과자들처럼 짭쪼름하고 견고한 맛이 없다. 게다가 지나칠 정도로 초코로 뒤덮여 있었다. 마치 '이게 미국 맛이라는 거야.'라고 말하는 듯.

문득 콜라가 그리웠다. 캔을 딸 때 나는 청량한 소리와 입을 슬쩍 대면 입술 위로 타들어 가는 차가운 탄산의 기포. 마지막

만찬을 즐기는 한 마리 짐승처럼 포악하게 콜라를 들이킨다. 목구멍이 타들어 갈 것 같은 탄산과 설탕의 잔재들이 입안에서 요란하게 움직인다. 파리가 위이잉- 소리를 내며 내 주위를 맴돈다. 달콤한 상상이 금세 산산조각 난다. 다시 채비를 하고 일어서 걷기 시작했다. 한 시간쯤 걷다 보니 저 멀리서 아침 일찍 떠난 한수와 민아가 보였다. 멀리서도 알 수 있었다. 표정이 밝은 그들에게 다가가 말을 거니 조금만 걸으면 작은 마을이 나온다고 했다. 한껏 들뜬 목소리로 그곳에 가면 장비를 체크해주기도 하고 음료가 있다는 정보를 들었다고 했다. 나는 이럴 시간이 없다며 그들을 재촉해 마지막 남은 마일을 함께 걷기 시작했다.

몇 시간쯤 산길을 걸어 도시인 라구나마운틴Mt. Laguna에 도착했다. 흙길이 서서히 사라지더니 포장된 도로가 나왔다. 오랜만에 느끼는 뜨거운 아스팔트의 열기에 나도 모르게 웃음이 나왔다. 저 멀리 다른 하이커들이 보이기도 했고 새로 보이는 하이커들도 모두 한자리에 모여 있었다. 하이커들은 시원한 음료수를 마시며 뜨거운 태양을 피해 지붕 밑에 모여 수다를 떨고 있었다.

"헤이, 너희도 저기서 하나 꺼내 먹으라고!"

"뭘 꺼내 먹어?"

"저기! 아이스박스에 있는 음료! 하이커들을 위해 엔젤이 준비해 둔거야. 아주 시원해! 맥주도 있고 콜라도 있어."

상상만 하던 시원한 콜라. 기억 속에 머물고 있던 감각들이 번쩍하고 깨어났다. 우리 셋은 동시에 서로의 얼굴을 본 다음 같은 곳으로 고개를 돌렸다. 버려진 자동차 바퀴 아래 빨간 아이스박스가 우리를 기다리고 있었다. 차가운 콜라를 집어 들어 들이켰다. 탄산이 온몸을 깨웠다.

인생의 짐, 버려야만 하는 것들

라구나마운틴은 하이커들이 꼭 들르는 마을이다. 마을 스포츠샵에서 일하는 직원이 하이커들의 가방을 확인하고 필요한 것과 불필요한 물건들을 골라내 주기 때문이다. 가게 앞에 선 하이커들은 배식을 받는 초등학생처럼 가방을 들고 긴장을 한 채 직원을 기다린다. 나 역시 직원의 가방 검사를 초조하게 기다리고 있었다.

"다음!"

드디어 내 차례가 왔다. 가방 안에 있던 짐들을 몽땅 꺼내어 파란 천 위에 조심스럽게 올려놨다. 침낭부터 텐트 그리고 정수기, 식량, 옷과 같은 하이킹에 꼭 필요한 물건들이 나오자 직원은 흐뭇해하며 계속 꺼내라고 손짓했다. 이어서 카메라, 그림 도구, 작은 책 한 권을 꺼냈다.

"그림 도구는 왜? 너 그림을 전공하니? 너에게 가치 있는 물건이야?" "카메라 렌즈가 꽤 크다. 무거울 것 같은데. 카메라가 크면 잘 안 꺼내게 되는데…" "헤드셋? 음악을 좋아하는 마음은 알지만… 이어폰이 있다면 이건…"

이 길에 오르기 전 2년간 세계 곳곳을 여행했다. 처음 시작할 때 가방은 상상 이상으로 무거웠다. 가방 자체가 무겁기도 했지만 쓸데없는 것들이 잔뜩 들어 있었다. 현지에서 조달할 수 있는 물건들도 가득했다. 사실 가방에서 꺼내는 물건들은 정해져 있었는데 말이다. 여행 중반에 들어설 쯤 비로소 짐을 버릴 수 있었다. 작은 가방 하나를 사서 그 안에 꼭 필요한 물건들만 넣어 다녔다. 침낭, 옷, 세면도구, 일기장 그리고 기타를.

욕심을 떨쳐내기는 쉽지 않다. 가방이 크면 큰 대로 꼭 채우려고 애를 쓰게 된다. 사실 나에게 필요치 않다는 걸 아는데도 불구하고 욱여넣곤 한다. 꾸역꾸역 짐을 이고 다니다 보면 물건이 필요한 상황이 오기보다는 넣었던 기억조차 잊어버린다. 집착을 버리는 건 어렵지만 그것으로부터 여행이 시작되는 것이었다. 꼭 필요한 작은 물건들과 나를 지탱해 주는 가치 있는 물건들이 등에 업혀 있을 때 비로소 자유의 몸으로 방랑할 용기가 생기곤 한다.

직원은 내 가방을 보고 예상외로 한두 가지의 물건들만 버리라고 충고했을 뿐, 어떠한 강요도 하지 않았다. 내가 질 무게는 내 선택에 맡길 뿐이었다.

사막 위에 너는 춤을 춘다

내게 사막은 아이의 숨결과 같은 부드러운 모래알이었다. 천천히 그 위를 걸으면 구름 속을 영위하듯 포근했다. 손바닥으로 하늘을 가려도 뜨거운 열기가 가려지지 않는 낮을 지나면 밤에는 은하수를 이불 삼아 낭만이 살아 넘치는 대지가 된다. 사막은, 사막은 내게 그러했다.

하지만 내가 지금 걷고 있는 이곳의 사막은 사막이라고 하기에는 다소 부족해 보인다. 민둥산을 닮은 사막, 거친 바람, 오아시스라고는 보이지 않는 곳, 나무들은 뜨거운 태양에 타버렸고 선인장은 잔뜩 날 서 있는 모습이었다. 사실 일주일이 지난 지금 지루함을 느끼는 건 사막이기 때문이라기보다 똑같은 풍경들이 반복되고 있기 때문이다. 싱그러운 풀이라던가, 맑은 호수를 꿈꿀 수 없다는 지루함이 걸음을 무료하게 만든다.

문득 처음으로 사막을 보았던 기억이 스친다. 한달 동안 인도를 여행했을 때였다. 처음으로 배낭여행을 준비하던 그때 서점에서 인도에 관한 서적들을 뒤적였다. 유명한 가이드북을 펼친 순간 보이던 사막의 풍경, 인도인들과 낙타들. 이곳에서 만약 별들을 보면 어떤 기분일까, 하는 생각으로 꼭 사막에 가야겠다고 다짐했다. 간절히 바라던 게 이루어지는 건지 아니면 바라는 것들이 이루어지도록 노력한 건지 몰라도 나는 스물한 살의 1월을 사막과 함께 보냈다. 춥지만 따뜻한 별들을 이불 삼으며.

그때 사막은 내가 늘 그려온 모습이었다. 황홀해지는 순간이었다. 하지만 몇 년이 지나 그날 본 사막이 더 이상 그려지지 않을 무렵, 나는 다시 사막 한가운데 덩그러니 서 있다. 그때의 나와 지금의 내가 달라진 게 있다면 몇만 킬로미터 떨어져 있다는 것뿐. 하지만 여전히 사막을 보고 있으면 끝없는 바다를 볼 때와 같은 마음의 일렁임이 있다. 마음 한 켠을 움켜쥐는 뜨거운 열정이 다가오는 기분. 스물한 살의 나에게도, 스물다섯 살의 나에게도.

멈춰 버린 시간

바야흐로 약 일년 전 일이다.
90도로 세워진 의자에 몸을 기대어 방콕으로 가는 길이었다. 선
잠에 빠졌다가 깨는 걸 반복하니 어느새 어두운 밤이 걷히고 새
벽 풍경이 기차의 창문 틈 사이로 바쁘게 지나갔다. 그때 투명
한 창으로 새어 들어오는 빛이 사람들의 고요한 표정을 비추는
게 영화 〈시네마 천국〉의 알프레도가 켠 영화를 보는 것 같다고
생각했다. 빛을 향해 손을 뻗으며 잠시 이대로 곁에 머물러 달
라고 간곡하게 기도했다. 세상이 멈춘 것 같았다. 카메라의 셔
터 소리와 함께 순간이 한 장의 사진으로 보이는 것처럼 아름다
운 것들은 내 마음속에 멈춰버린다. 마치 태국의 어느 날처럼

혹은 길 위를 걷는 PCT의 어느 날처럼.

  텐트에 맺힌 이슬이 이마 위로 떨어졌다. 시계를 보니 오전
6시였다. 새벽의 차가운 공기가 한 방울의 물방울이 되어 나를
깨우는 아침이 참으로 낭만적이라고 느껴졌다. 오늘은 또다시
물을 구하기 어려워지는 날이다. 삼십 분 동안 지도를 보며 머
리를 굴려보지만 걸어보지 않은 길을 예측하기는 어려운 일이
다. 아무리 물을 구할 수 있다고 해도 많은 곳들이 가뭄인지라
또다시 걱정해야 했다. 핸드폰을 내려놓고 침낭을 덮은 채로 그
릇에 물을 부어 오트밀을 섞었다. 밍밍한 맛에 입맛이 가셨다.
결국 남은 오트밀을 물병에 담고 짐을 정리하고 나서 텐트 문을
열었다.

  문을 여는 순간 온 세상이 멈춰 버렸다. 아침을 여는 빛이
허공 위를 춤추고 모래가 바스락거릴 정도의 바람이 볼을 스쳤
다. 어젯밤 던져두었던 스틱은 제자리에 있었고 작은 벌레들이
열심히 기어다니고 있었다. 동식물이 살 수 없는 이 황량한 곳
에서 어여쁜 새소리가 들린다. 짹짹. 멈춘듯한 시간에 나는 아
무 말도 할 수 없었다. 이렇게 영영 시간이 멈췄으면 했다. 맛 없

는 오트밀도 온갖 걱정도 사라지는 순간이었다. 나는 이 작은 찬란함에 속아 오늘도 텐트를 접고 앞으로 나아간다.

혼자가 된다는 것

                긴장의 연속이었다. 8일이라는 시간 동안 한수와 민아와 걸었던 시간이 꽤 많았는데 지난밤, 처음으로 그들과 떨어져 텐트를 쳤다. 아무리 혼자 온 PCT라 해도 밤 사이 불던 바람은 내 두려움을 키우기에 충분했다.

    아침은 언제 그랬냐는 듯 다시 밝았다. 자욱이 낀 안개 사이로 오트밀을 만들어 먹었고 뜨거운 사막의 태양이 다가오기 전 텐트를 접고 가방을 정리했다. 옆에 있던 텐트의 주인은 여전히 잠에 빠져 있는지 기척이 느껴지지 않았다. 새벽 5시, 평소 같았으면 눈이 반쯤 떠졌을 것이고 한수와 민아의 발자국 소리에 느지막이 일어나 준비했을 것이다.

혼자가 된다는 것, 그건 참 두려운 일이다. 평소에 하지 않았던 행동도 하게 되고, 증폭된 두려움은 나를 의심하게도 만든다. 내가 할 수 있을까? 하지만 두려움 이면에는 신기하게도 설렘이 있다. 잘할 수 있을지 모르겠지만 앞으로 생길, 전혀 알 수 없는 일들에 대한 설렘 같은 것. 혼자가 된 첫날, 몇 시간 후 워너스프링스Warner Springs에 도착하면 다시 사람들을 만나겠지만 처음이라는 혹은 혼자라는 감정 때문인지, 그것도 아니면 거친 바람에 내 몸을 가눌 수 없어서인지 생각의 꼬리가 걷는 길을 따라 늘어지고 있었다.

처음. 나에게도 처음이라는 게 있었다. 가까이는 PCT의 첫날, 멀리는 세계 여행을 시작했던 7월 14일. 여느 때와 다를 것 없이 전날 술을 진탕 마셨다. 1년 동안 한국을 떠나 있을 계획이었고 그 당시 내게 1년이라는 시간은 꽤 길었다. 오랫동안 못 볼 친구들이 그리울 것 같았다. 어제를 그리워하며 오늘을 살고, 또 오늘을 그리워 할 내 삶이 무척이나 기대됐지만 시간은 자비 없이 흐를 거라 예감했다.

술을 마시고 알딸딸한 기분으로 집안 거실에 들어왔다. 늘 나를 반기던 강아지를 끌어안고 괜히 술주정을 부리다가 거실에서 그대로 잠들어 버렸다. 툭툭. 몇 시간이 지났을까. 아버지는 나를 깨워 손에 5만원을 쥐여 주셨다. 건강만 하라는 말씀을 남기시고 일터로 나가셨다. 나는 잠이 덜 깬 채로 물을 들이켰고 어머니는 마지막 아침을 준비하셨다.

핸드폰을 켜 친구들이 보낸 응원의 메시지를 읽었다. 잘 할 수 있을까. 아니, 여행을 어떻게 잘하겠냐만 그들의 진심 어린 메시지에 눈물을 삼켰다. 짐을 챙기고 오랫동안 보지 못할 강아지와 인사를 했다. 문을 열자 친한 친구 둘이 계단에서 환하게 웃고 있었다. 새로운 장소, 새로운 사람들, 내가 선택한 일들이었지만 인천공항까지 가는 길이 심란했다. 그래도 돌아보면 나는 언제나 그들과 함께였다. 이따금 외로움을 느꼈지만 결코 혼자인 적은 없었다. 언제나와 같이 당연한 그들이 있었기에. 오랫동안 묵은 응어리가 온몸으로 흘러나올 것만 같았다. 괴로운 것 같기도 한데 짜릿한 감정선을 무엇이라고 설명하지 못했다.

여행을 떠나던 첫날, 그리고 잊혀진 시간 속에 잃어버린 무수한 이별 그리고 지금. 몇 시간 후 누군가를 만나 웃고 떠들 나겠지만 혼자가 된다는 건 늘 시작과 함께 맞이하는 이별이었다.

100km 기념일

　　　　　　　　　사람들은 숫자에 의미를 둔
다. 며칠 전 페이스북을 켰더니 친한 친구와 내가 친구를 맺은
지 몇 년째라는 알림이 떴다. 가끔은 「1년 전 수현 님은 인도에
있었습니다」와 같은 글귀로 기억을 되새김질 해주기도 했다. 연
인과의 관계에서는 100일, 200일과 같이 숫자가 딱 떨어지는
날들을 기념한다. 근사한 곳에서 식사를 하고 마주보며 서로에
게 의미 있는 것들을 교환한다. 모두가 그렇게 하지는 않지만
나는 숫자가 매끄럽게 떨어지는 날들에 여전히 설렌다.

　　황톳길 위 낮은 풀들이 허벅지를 쓸고 지나간다. 어제 민아

와 한수와는 2시간 정도 떨어져 캠핑을 했기에 그들을 따라 잡으려고 부산하게 움직였다. 사실 혼자도 잘 할 수 있겠지만 어서 그들을 만나 지난밤 이야기를 하고 싶었다. '지난밤, 두 사람이 없던 어제 말이에요. 나는 혼자 라면을 먹었어요. 잠을 자다가 오줌이 어쩌나 마렵던지… 언니. 언니. 오빠.' 그들에게 어떤 이야기를 해야 할지 혼자 생각하며 걷기 시작했다.

아침에는 안개가 분위기를 으스스하게 만들었지만 이내 따스한 빛이 길을 향해 비추었다. 한 시간쯤 걸었을까. 좁은 길 위에 앉아 에너지바를 물고 걷는데 오른쪽에 누군가가 돌로 「100km」라는 글자를 예쁘게 만들어 놓았다.

벌써? 내가 100km를 걸었다고? 아니, 아직 100km뿐이라고? 내가 가야 할 길이 아직 4,200km가 남은 거라고? 100km가 새겨진 돌 앞에서 스틱에 몸을 기대어 한참 동안 바라보았다.

PCT에서의 나의 첫 기념일, 소박하고 아무것도 없는 길 위에서 나도 모르게 웃음이 나왔다. 일종의 비웃음이었다. 마치 시련을 이겨낸 영화의 주인공처럼 세상을 이긴듯 당당하게 비웃어 보았다. 쓸모없던 고민들, 나를 위한 거라며 해주던 무수

한 충고들을 뛰어넘을 때의 쾌감과 같달까. 아무튼 오늘 나는
이 길과 100km라는 기념일을 보냈다.

내가 여기에 살아 있다는 걸 세상에 증명하듯.

여행의 이유

헐떡이는 숨을 고르고 고개를 쳐들었다. 태양에 물든 호수가 황금빛으로 반짝 비추어 내 눈 속으로 금세 빠져 버렸다.

'아, 살아 있다는 건 참 감사한 일이구나.'

모자를 훔쳐 가려던 바람이 주위를 맴돌았다. 어떠한 말도 할 수 없었다. 그저 내가 살아 있음에 감사하다는 것, 그것뿐이었다.

나는 호기심이 많은 편이다. 그래서 많은 것에 의문을 갖는다. 부끄러워 그걸 숨기려고 꽤나 애쓰며 살고 있다. 수학 문제 따위나 과학 문제와 같은 학문적인 질문을 떠나 기존의 관념들에도 많은 의구심을 갖고 산다. '내가 믿고 있는 것들이 진실일까'라는 재밌는 상상을 하면서. 의문은 꼬리를 물고 물다가 엉뚱한 의심을 만들 때도 있지만 그게 결코 부정적이라고 생각하지 않는다.

여행도 그렇다. '왜'로 시작해서 '왜'로 진행 중이다. 길을 걷기 시작한 지 불과 2주 조금 넘은 주제에 이런저런 의문이 쌓이고 있고 나 자신에게도 다양한 질문을 던지고 있다. 사실 답을 얻기도 전에 마주한 언덕에서 숨을 잃어버린 질문들이 대부분이지만 그럼에도 나는 계속 물으며 길을 걷고 있다. 그중에서도 가장 큰 질문은 '2년간 나는 왜 이렇게 정처 없이 떠돌아다니는가.' 하는 것이다. 답이 쉽게 떠오르지 않아 '어차피 난 평생을 여행하며 살 테지. 그런데 무슨 답이 필요해?'라고 생각하며 서둘러 마무리 짓는 날이 숱하다. 그러다가도 어딘가 찜찜해 다시 또 다른 질문을 꺼내놓는다. '평생을 여행한다지만 무엇을 위해?'

허나 예상치 못하게 질문의 답은 어떤 순간으로 살며시 다가온다. 마치 오늘처럼 말이다. 가파른 언덕을 올라 고개를 들

고 숨을 고르려는 찰나, 심장을 멎게 할 만큼 맑은 호수에 마음
이 녹아들었던 오늘처럼 예고 없이 찾아온다.

　지나고 난 것들을 생각해 보니 어쩌면 내가 지금까지 여행
을 하는 이유는 잊고 살아온 내 소소한 감정들을 예고 없이 찾
아오는 감동의 순간들로 깨우고 싶었기 때문이 아닐까. 흔하디
흔한 말로 '행복'이란 두 글자가 가장 어울릴 것이다. 결국 행복
으로부터 오는 잔잔한 물결이 여행의 이유가 되고, 나를 존재하
게 한다. 그저 내 삶에 감사하다는 낯간지러운 멘트를 날리고
싶어진다.

온전히, 나를

우여곡절 끝에 하이커들이 많이 모인다는 워너스프링스에 도착했다. 컨테이너 건물 뒤로 큰 나무가 있었다. 하이커들은 나무를 중심으로 텐트를 치면 된다고 했다. 나와 민아, 한수는 좋은 자리를 잡기 위해 서둘러 나무 아래로 달려갔다. 한눈에 봐도 좋은 자리는 먼저 도착한 하이커들 차지였다.

제로데이를 갖는 날이면 늘어지게 잘 수 있기에 탁월한 자리 선택이 필요하다. 첫 번째는 그늘이 잘 지는 곳. 캘리포니아의 태양은 뜨겁고 강렬하기 때문에 혹여나 그늘이 없는 자리에 텐트를 치면 강렬한 햇빛이 잠을 깨운다. 두 번째로는 평지여야 한다. 경사가 진 곳에 텐트를 치면 편안히 잠을 잘 수 없다. 피가 쏠릴 수 있기 때문에 최대한 평지에 텐트를 치는 게 중요하다. 하지만 다시 둘러봐도 이 넓은 곳에 좋은 자리는 이미 다른 하이커들 차지가 된 후였다.

"어? 제로그램*? 한국인인가?"

저 멀리서 민아의 목소리가 들린다.

"우리 말고 친구끼리 온 한국인 하이커가 있다는데 그 사람들인가보다. 안녕하세요."

머나먼 타국에서 그리고 이런 길에서 한국인이라니. 순간 동질감이 느껴지기도 했고 설명할 수 없는 안락함이 찾아왔다. 텐트에는 그들이 없었지만 조금 지나자 저 멀리서 손을 흔들며 다가오는 두 사람이 보였다. 이름은 재홍과 우찬. 나보다 한 살 많은 오빠였고 대한민국의 순수한 청년이었다. 두 사람은 서로

제로그램 국내 아웃도어 브랜드로 하이커들이 애용한다.

너무 상반됐다. 까무잡잡한 피부에 군대에서 입고 있던 옷을 그대로 입고 온 재홍. 커다란 눈과 달리 부드러운 목소리. 옆에 있던 우찬은 하얀 피부에 건드리면 쓰러질 것만 같은 연약함이 느껴졌다. 둘이 어떻게 친구가 된 건지 도통 알 길이 없었다. 상반된 둘이 이 기나긴 여정을 함께 한다는 게 놀라울 뿐이었다.

우리는 짧은 인사를 하고 그늘에 앉아 이야기를 나눴다. 사실 타국에서 한국인을 만난다는 사실이 반갑기도 했지만 더욱이나 우리가 특별한 인연이라고 자부할 수 있었던 건 화려한 도시가 아닌 자연 안에서 만났기 때문이다.

반가운 마음과 동시에 반감이 들었다. 많은 여행지를 다니다보면 사람들이 가지 않는 곳에서 사진을 찍고 싶거나 나만 간직하고 싶은 장소가 누구에게나 있다. 나에게도 어쩌면 몹쓸 마음이 있었나 보다. 욕심일까. 아니, 내가 낯을 가리는 걸까. 왜 반갑지만은 않은 건지 이해할 수 없었다. 한국인 친구들에게 둘러싸인 채 익숙한 언어로 잘 웃고 있었지만 마음 한켠이 무겁기만 했다.

어쩌면 이곳을 온전히 느끼고 싶었던 거다. 내가 이 길을 택한 수많은 이유 중에는 사람들과 멀리 떨어져 내 안의 마음을 그윽하게 바라보고 싶다는 마음이 있었으니.

그들을 만나서 반가웠던 건 사실이지만 어서 혼자 서둘러야만 할 것 같았다. 혼자가 되고 싶은 이 순간, 그 누구도 나를 방해 할 수 없었다. 설령 그것이 우연이 만들어 놓은 인연이라고 해도 말이다.

트레일 엔젤이 어느새 싸구려 햄버거 패티를 굽고 있었다. 온통 작은 마을에 햄버거 패티 굽는 냄새가 진동을 한다. 며칠 동안 먹은 인스턴트 라면에서 해방되어 고기를 입안으로 쑤셔 넣으며 결심했다. 내일은 그들보다 일찍 일어나 먼저 서둘러 갈 채비를 해야겠다.

마이크 하우스

산 속에 하이커들의 쉼터를 만든 마이크의 집은 PCT에서 꽤나 유명한 하이커 엔젤 하우스로 뽑힌다. 그의 쉼터에 도착하면 반경 100m에 맛있는 냄새가 진동한다. 햄버거 번에 싸구려 패티 그리고 머스타드와 케첩을 넣은 햄버거를 도착하는 모든 하이커에게 제공한다.

더러운 손을 대충 옷에 문지른 후 햄버거를 입속으로 구겨 넣었다. 더운 날씨가 용서되는 맛이다. 지금 이 순간만큼은 내가 쥐고 있는 싸구려 햄버거가 미슐랭 스타의 만찬이라 해도 과언이 아니다. 먹다가 목이 메여 기침을 하자 옆자리 하이커가 아이스박스에서 맥주를 꺼내어 건넨다.

"오! 수현아!"

"어! 언니! 오빠! 그리고 타일러! 반가워! 언제 온 거야?"

"우리는 좀 전에 도착했어. 타일러는 우리보다 일찍 도착했더라고. 역시 다리 길이의 차이인가? 분명히 며칠 동안 보이지 않는데 우리보다 일찍 도착하다니."

"그러게. 아, 텐트는 어디 치면 될까?"

"텐트? 우리는 저기 숲 뒤에 쳤는데 너는 혼자니까 저기 나무집에서 자. 선착순으로 이용할 수 있다던데?"

그들이 안내하는 나무집에 짐을 내려두기로 결정했다. 천장이 부서진 낡은 나무 오두막이었는데 문을 열고 들어가니 뚫린 천장 사이로 빛이 들어왔다. 빛 사이로 먼지들이 고요하게 가라앉았다. 오늘 이곳에서 잔다면 틀림없이 진드기에 물릴 것 같다는 생각이 들었지만 텐트를 치는 일이 더욱 더 번거롭게 느껴졌다. 오늘을 내 몸뚱아리를 지붕이 있는 곳에 둘 수 있다는 것에 감사해야만 한다.

마이크 하우스는 모든 것이 하이커를 위한 공간이다. 그만큼 하이커들도 그를 적극적으로 돕는다. 한번은 하이커를 위해 피자를 굽고 싶다며 장작을 패러 가자는 말에 너도나도 모두 작

은 트럭을 함께 타고 깊은 산속에 들어가 나무를 했다고 한다. 그렇게 모두가 힘을 합쳐 해온 나무로 모닥불에 앉아 피자를 구워 먹었다고.

여행길에서는 타인의 작은 배려와 선물에서 작은 기쁨을 얻기도 한다. 일상 속에서 느끼지 못한 행복이다. 처음에는 그걸 그대로 받아들이지 못했다. 혹시나 계산적인 접근일까 봐. 나를 속이려는 건 아닐까. 타인을 향한 의심에 자괴감이 들기도 했다. 호의를 그대로 받아들이지 못하는 옹졸한 마음이 참 못된 사람으로 만든다는 걸 알아차렸다. 지금까지 나를 의심의 굴레에서 쉽게 놓아주지 않았지만 자유롭게 펼쳐진 길 위에서 나는 조금 느슨해지기로 했다.

따뜻한 기타 소리가 메아리로 울려 퍼진다. 기나긴 산골짜기 하이커들의 허밍과 따뜻한 온기가 이 밤을 가득 채운다. 몸을 일으켜 조용히 오두막에 들어가 몸을 뉘었다. 부서진 천장 틈으로 별들이 촘촘하게 박혀 있는 저녁, 꽤 좋은 꿈을 꿀 것 같다.

풀독

자연은 빠르게 회복되지 않는다. 어디선가 들었다. 산불이 나면 그 위로 새로운 생명이 자랄 때 그들은 한동안 독을 품고 자란다고 했다. 트라우마를 견디기 위해 스스로 보호막을 만든 후 재생된다. 때문에 산불이 난 구간에서 조심해야 하는 건 새롭게 자라는 작은 풀꽃이다.

길을 걷는데 일전에 책에서 보았던 독풀이 나를 무섭게 노려보고 있었다. 불에 타버린 산속에서 강인하게 우뚝 선 작은 풀을 쪼그려 앉아 관찰했다. 갑자기 들이닥쳐 너의 생명을 빼앗은 불길에 얼마나 큰 상처를 입었으면 작은 네가 독을 품고 일

어서야 했을까. 문득 마음 한쪽이 아려왔다. 마치 우리 모습과
닮아 있다는 생각이 들었다. 이를테면 여행지에서 이방인이 되
었을 때, 누군가의 거짓말로 인해 믿었던 순간들이 한순간에 무
너짐을 겪었던 내 모습처럼. 그런 일들을 거듭 겪을수록 어느
샌가 보호막을 치고, 지나치게 의심하다가 순수한 마음을 무심
코 지나쳐 버리게 된다.

　마다가스카르에서였을까. 여행을 떠난지 1년하고 보름이
지나고 있었고 몸과 마음은 지칠 대로 지친 상태였다. 마음을
게워내기 위해 안타나리보라는 수도에서 작은 봉고를 타고 수
십 시간을 거쳐 바오밥 나무가 있는 도시로 가는 길에 한 친구
를 만났다. 프랑스어와 말라가시어를 하던 마다가스카르 사람
들 중에 유일하게 영어로 대화할 수 있었던 그 친구가 무척이나
반가웠다. 그래서 그 친구의 안내로 투어도 하게 됐는데 이튿날
숙소 주인으로부터 그보다 더 적은 가격에 이용할 수 있다는 이
야기를 듣게 됐다. 나는 곧장 친구에게 전화를 걸어 화를 냈다.
그리고 찍어 주었던 가족사진을 전해주기 싫다는 말을 전하고
도시를 떠나 버렸다.

하지만 지금 생각해 보니 앞뒤 정황 없이 마음이 만들어낸 의심으로만 결정한 일이었다. 그의 이야기를 들어 보지도 않은 채 홀연히 사라져 버린 나 때문에 그 또한 어리둥절했겠지. 어쩌면 주인장이 했던 말이 진짜일지라도 그의 진심을 전해 듣지도 못한 채 떠나게 만든 건 산불이 난 후 자라나는 독풀처럼 매사에 곤두서 있던 내 마음 상태 때문이었을 거라 생각한다.

그 뒤로 1년이라는 시간이 지났고 많은 경험들이 또다시 내 안을 비집고 들어와 한켠에 자리 잡을 무렵 문득 이런 생각이 들었다. 이 독풀도 언젠가 다시 본연의 모습으로 돌아가 경계를 허물고 산소를 내뿜으며 바람과 들꽃과 인사할 거라고. 그것이 어쩌면 성장통을 겪는 철없는 순간들일 거라고. 그리고 나 또한 해가 지나면 조금은 느슨해지는 법을 배울 거라고. 다시 마다가스카르에 돌아간다면 그 친구의 집이 여전히 있을지 모르지만 찾아가 가족사진을 돌려줄 수 있는 넓은 마음을 가질 수 있지 않을까 생각했다. 나를 매섭게 바라보던 독풀이 뽀얀 아기살처럼 귀엽게 느껴지기 시작한다.

맥도날드

짭조름한 감자튀김에 케첩 대신 마요네즈를 듬뿍 찍는다. 싸구려 패티와 양상추의 조합, 입안에 쑤셔 넣은 햄버거에 목이 메이면 황급하게 콜라를 들이마신다. 맥도날드, 지금 나에게 가장 위대한 이름.

사막이라고 했지만 온통 구불구불한 오르막이었다. 부드러운 모래알 대신 단단하게 뭉쳐 있는 사막 산이라고 부르는 것이 맞겠지. 이렇게 뜨거운 햇볕이 내리 쬐는데 피할 곳은 보이지 않았다. 머릿속엔 온통 맥도날드라는 네 글자로 가득 찼고, 눈꺼풀은 풀려 있었다. 이렇게 더워도 되나 싶은 생각이 들다가도 눈을 반쯤 감으면 신기루처럼 노란 간판이 내 시야에 가득 찼다. 습관처럼 발걸음을 옮기다가도 고작 패스트푸드에 정신이 번쩍 들어 조금 더 빠른 걸음으로 걷기 시작했다.

'얼마나 남은 거지?'

지도를 확인하니 캐나다까지 남은 거리가 표시된 표지판이 보이고 그 표지판 뒤로 터널을 건너기만 하면 맥도날드가 보인다고 했다. 그곳까지 시간을 어림잡아 보니 지금부터 대략 세 시간 정도. 어떤 햄버거를 주문할지 이미 마음속으로 수백 번을 연습했다. 힘이 들어 쓰러질 것 같았지만 햄버거라는 세 글자에 내 모든 정신을 쏟아 놓고 걷기 시작했다. 점점 풍경들이 바뀌기 시작한다. 저 멀리서 자동차가 지나가는 소리도 들린다. 이제 정말 가까워졌구나. 길이 나를 조롱하기라도 하는 건지 모퉁이가 많아 혹시나 이 모퉁이를 돌면 맥도날드가 보이지 않을까, 하는 기대감과 실망감을 주었다. 욱해서 욕을 하다가도 햄버거를 먹는 내 모습을 상상하면서 웃기도 하고… 내안에 모든 인격들이 햄버거라는 세 글자로 인해 다양하게도 변하고 있었다.

TO CANADA 2296 MILES.

저 멀리 차도가 보이기 시작했고 어느새 눈앞에 캐나다까지의 남은 거리를 적어놓은 팻말이 꽂혀져 있었다. 2,296마일, 그러니까 3,676km가 남았다는 표지판이 보이자 그 자리에 주저앉았다. 3,676km가 남았다는 사실에 상실해서가 아닌 드디어 맥도날드에 갈 수 있다는 사실이 기뻐 그 자리에 앉아 환호성을 질렀다. 신발 밑바닥에 박혀 있던 모래알이 아스팔트 위에 흩어졌다. 뒤돌면 다시 걸어야 할 길이지만 발걸음은 가벼웠고 처음 일탈을 하는 15살 소녀처럼 심장이 두근거렸다. 맥도날드에 들어서자 기름 냄새가 코를 찔렀다. 기계 돌아가는 소리, 웅성거리는 사람들. 문을 열자 사람들의 시선이 나에게로 쏠렸다. 며칠을 씻지 못해 얼룩진 옷과 헝클어진 머리, 노숙자를 보는듯한 눈빛을 무시하고 당당하게 걸어가 연습했던 대로 말했다.

"빅맥 세트요."

이 말을 하기 위해 며칠을 걸려 이곳에 걸어 왔다. 흥분이 쉽사리 가라앉지 않는다. 내 번호가 호명되고 햄버거를 손에 들

고 자리에 앉아 때가 낀 손톱으로 가지런히 싸여 있는 포장지를
뜯고 내 모든 감각을 열어 햄버거를 먹기 시작했다. 익숙한 맛
이 목구멍을 타고 흘러 내려가자 나도 모르게 탄성이 나왔다.
햄버거를 먹기 위해, 이 익숙한 맛을 음미하기 위해 나는 걷고
또 걸었다. 나는 얼마나 많은 날들을 걸어야 이 맛을 그리워하
지 않을 수 있을까. 문득 3767이라는 숫자가 머릿속을 스친다.

CASA DE LUNA

까사 델루나, 달의 집. 사우 스캘리포니아 구간이 끝날 무렵 나오는 하이커 엔젤의 집이다. 오래전부터 하이커 사이에서 꽤나 유명한 엔젤 하우스로 알려졌다.

작은 집을 지나 뒷마당 문을 열면 낙원이 펼쳐진다. 키가 작은 나무들이 있고 부드러운 모래가 깔려 있다. 이곳을 다녀간 하이커들이 돌 위에 그림을 그려놓은 작품들이 곳곳에 놓여 있다. 이뿐만이 아니다. 들어가자마자 치르게 되는 하이커 의식이 있는데 바로 집 앞에 걸려 있는 하와이안 티셔츠를 입는 것이다. 언제 빨았는지 감이 안 오는 수십 장의 티셔츠 중 적당히 땀냄새 나는 옷을 하나 걸쳐 입고 자리를 선택해 텐트를 친다. 선베드에 누워 햇볕을 만끽하고 좋아하는 음악을 듣다가 낮잠을 잔다. 일부 하이커들은 간이 샤워실에서 샤워를 한다. 여유롭게 시간을 보내다 보면 이 집이 가장 빛나는 순간이 온다.

어둠이 모든 것들을 삼키기 전, 오후 5시 무렵 하이커 엔젤은 하와이안 셔츠를 입은 하이커들과 작은 앞마당에 옹기종기 모여 앉는다. 엔젤은 칩과 살사를 준비한다. 자신의 순서에 맞지 않게 음식을 담지 않으면 엔젤이 기다렸다는 듯이 주걱으로 엉덩이를 찰싹하고 때린다. 맞는 사람 그 누구도 기분 나빠하지 않고 모두 웃으며 그를 놀리기 시작한다.

끊임없이 제공되는 음식을 먹고, 후식으로는 아이스볼을 나누어 먹으며 고된 몸을 푼다. 오전에 미리 사두었던 맥주를 한 캔씩 꺼내어 이야기를 나누다 보면 엔젤은 문가에 기대어 흐뭇한 표정으로 우리를 바라보고 있다. 어쩐지 그녀가 이곳의 이름을 달의 집이라고 지은 건 그녀의 울타리 안에서 그녀가 만든 규칙들로 웃고, 먹고, 마시고, 춤추며 노래하는 순간들이 종교와 나이 혹은 모든 것들로부터 자유로워질 수 있기 때문이 아닐까. 밤이 깊어오면 오직 우리 위에 떠있는 달빛에 의존해 시간을 공유하고 길을 이야기한다. 왜 이곳에 오게 되었는지 따위의 이유조차 필요하지 않다. 그저 취하고, 배가 부르며 웃으면 그만인 것을.

영화 〈문라이트〉의 대사처럼 달빛 아래 우리는 모두 푸르게 존재한다. 내일이면 누군가는 숙취에 힘들어 할 거고, 누군가는 아침 일찍 다시 트레일로 복귀하겠지. 오늘 만난 내 옆에 있는 친구의 이름이 내일 생각나지 않는대도 괜찮다. 우리 모두는 달의 집이라는 그녀의 울타리 안에서 모두 푸르게 빛났으니까. 이곳까지 오기 위해 모두 푸르른 길을 사랑했으니까 말이다.

밤의 하이킹

유년 시절, 그 당시 10대였던 나는 줄곧 컴퓨터 앞에서 시간을 보내곤 했다. 세이클럽, 싸이월드, 네이트온. 지금처럼 스마트폰이 없던 시절, 문자라던가 메신저로 친구들과 밤을 지새우곤 했다. 그래서인지 어느 순간부터 시력이 떨어졌고 지금도 여전히 안경을 쓰지 않으면 희미하게 보인다든가 밤에는 어둠 속에 헤매곤 한다.

사막 구간의 절정에 도착했다. 모하비 사막Moiave Des.. 대부분의 하이커들이 이곳에서 쓰러지거나 포기를 한다. PCT 관련 다큐멘터리에서 이곳, 허허벌판 같은 모하비 사막에서 많은 사람들이 집으로 돌아가고 싶다며 울고, 중도에 포기하는 모습을 봤다. 때문에 하이커들은 이 구간만큼은 낮에 자고 밤에 걷는 나이트 하이킹을 한다. 물론 내 친구들도 예외는 아니다. 민아, 한수, 우찬, 재홍 모두 밤낮을 바꾸어 걷기 시작했다. 하지만 나는 나이트 하이킹을 할 수 없었다. 시력이 좋지 않은 탓도 있었지만 어두운 눈으로 길을 즐기고 싶지 않았다. 내가 보는 세상이 어두컴컴한 암흑 속에 갇혀 볼 수 없는 하이킹을 하고 싶지 않았다. 결국 나는 또다시 그들과 떨어져 걷게 되었다.

하루 정도는 괜찮았다. 속옷이 다 젖을 정도로 더위는 이전과 비교가 되지 않았지만 땀을 흠뻑 흘리며 걷는 순간이 흥분이될 정도였다. 하지만 하루가 지나고 이틀이 지나 정수리로 내리쬐는 태양에 정신이 아득해졌다. 그늘을 찾아 몇 시간을 헤맸지만 내 작은 몸 하나 뉘일 자리는 보이지 않았다. 두통이 심해졌고 물은 부족했다. 신기루가 보일 정도의 상태에 이르자 결국고집을 버리고 다음 도시에 도착하기 하루 전 나이트 하이킹을 하기로 결심했다.

밤에 걷는 낭만은 낮과는 달랐다. 달빛과 헤드 랜턴에 의존해 걷는 기분은 이루 말할 수 없었다. 풀벌레들이 선선한 바람에 조용히 소리를 내고 옷깃을 스치는 적당한 바람은 발걸음을 가볍게 만든다. 삐뚤어진 안경테를 손으로 슥 올리면 다시 선명히 보이다가 이내 콧등으로 흘러내려 버린 안경은 세상을 또 다시 희미하게 그린다.

달빛의 낭만이 선사하는 색다른 경험이 좋았지만 역시나 어둠 속에 갇힌 두려움을 이길 자신이 도저히 생기지 않았다. 희미하게 보이는 세상 속에 내 발걸음 따위만을 믿고 새벽을 맞이하기란 쉽지 않았으니까. 여전히 나는 두려움이 앞서고 어둠이 무서웠으니까. 낭만에 젖은 걸음이 무척 그리울 테지만 나는 아직 준비되지 않았다. 보이지 않는 것들에 대한 용기 있는 마음가짐이 말이다. 그래서 도시에 도착한 다음날, 나는 다시 더위와의 싸움으로 돌아가기로 했다.

떠나고 싶다면 가장 먼저 해야 할 일

PCT를 출발하기 전 가장 먼저 해야 할 일은 비자와 퍼밋 신청이다. 실제로 많은 예비 하이커들에게 가장 많은 질문을 받는 부분이다. 많은 서류를 요구해 절차가 꽤 까다롭게 느껴질 수 있지만 차근차근 해결하다 보면 전혀 어려운 일이 아니다.

비자 신청

미국으로 여행을 갈 때 전자비자를 이용하면 하루만에 비자를 받을 수 있지만, 장거리 하이킹인 PCT는 6개월이 걸리기 때문에 합법적으로 체류할 수 있는 비자가 필요하다. 때문에 전자비자가 아닌 안전하게 하이킹 할 수 있는 B1B2비자를 받아야 한다. 나는 당시 캐나다 여행 중이었으므로, 캐나다 미국 대사관에서 비자를 받았고, 한 번 거절을 당했다. 거절에는 빨간 딱지와 초록 딱지, 두 가지 유형이 있는데 빨간 딱지를 받을 경우, 회복할 수 있는 기회가 적고 초록 딱지는 내부에서 재심사 후 비자를 발급해준다. 내 경우, 초록 딱지를 받고 다시 심사를 거쳐 비자를 받았고, 안전하게 PCT를 마칠 수 있었다.

매우 간단하게 보이지만 B1B2비자를 따기 위해 채워야 할 것들은 아주 많다. 개인적인 팁이라면 PCT 퍼밋을 신청하고 나서 비자를 신청하는 게 더 좋다는 것. 그 이유는 비자 인터뷰를 볼 때 내가 무엇 때문에 가는지 확실해져 구체적으로 말할 수 있어 통과될 확률을 높일 수 있기 때문이다.

- **미국 비자를 따기 위해 필요한 서류**: 여권, 인터뷰 예약 확인서, DS-160 확인서, 비자 수수료 영수증, 여권 사진, 재직 증명서, 잔액 잔고 증명서, PCT 퍼밋, PCT 에 관한 계획서

퍼밋 신청

퍼밋은 방문 허가증의 개념이며, PCT 홈페이지에서 신청할 수 있다. 하이커들을 위해 매년 다음 연도 퍼밋 신청 날짜를 표기해 둔다. 2020년도 퍼밋 신청은 한국 시각 2019년 10월 30일 오전 2시 30분에 열렸다. 자신이 원하는 날짜를 지정하여 출발하면 되며, 꼭 지정한 날짜에 출발해야만 하는 것은 아니지만 최대한 맞추는 것이 좋다. 혹여나 트레킹 중 퍼밋 기한이 끝나면 골치 아프기 때문이다. 하루에 약 50명에게 퍼밋을 주고 있으며 2019년 퍼밋 신청부터 접속한 순서대로 대기 줄이 세워지는 웨이팅룸 시스템을 시행하고 있다. 전 세계 많은 사람들이 하이커를 꿈꾸기 때문에 시간에 잘 맞추어 등록해야 한다.

- **퍼밋 신청 홈페이지**: www.pcta.org

출발 시기 선정

- Nobo(북쪽으로 향하는 하이커)를 준비하고 있다면 4월 중순에 시작해서 10월 초반에 끝내는 것이 가장 좋다. 마지막 구간인 워싱턴에 눈이 오면 매우 위험하기 때문이다.
- Sobo(남쪽으로 향하는 하이커)를 준비하고 있다면 보통 8~9월에 시작한다.

2.
걷는다는 것의
의미

CENTRAL CALIFORNIA

889.6~1,747.2km

제 2의 서막 하이시에라

'하이시에라High Sierra는 말이야. 하루에 지리산을 올랐다가 내려갔다가 다시 오르는 기분이 드는 곳이라고 들었어. 지금까지 걸었던 곳과 비교가 되지 않을 만큼 오르막이 많아.'

드디어 PCT의 한 구간이 끝났고 새로운 구간으로 들어왔다. 그 전까지는 물 부족이라든지 더위 때문에 고생했다면 이제는 매일 오르고 내려가며 체력적으로 있는 힘껏 싸워야 할 때다. 다행히도 하이시에라 구간부터 물이 많다고 했다. 이제 더이상 물을 4L이상 들고 다니지 않아도 된다. 물이 많으면 자연

허 산은 푸르르기 마련이다. 하이시에라를 먼저 걸은 다른 친구들이 보내온 사진을 보면 천국이 따로 없었다. 수많은 호수와 싱그러운 나무들, 고도가 높아져서인지 지금까지의 공허한 땅의 모습을 벗고 우주를 채우는 기운이 느껴지는 풍경이었다.

하지만 무슨 일에든 양면이 존재한다. 물이 풍부하지만 높은 오르막을 하루에도 몇 개씩 올라야 하고 곰의 출몰이 자주 목격된다. 가장 중요한 건 모기와 같은 벌레와의 싸움이다. 사막에서와 달리 곰통*과 모기망은 필수고, 마을 간 거리가 멀어 식량은 일전의 두 배를 챙겨야 걸을 수 있었다. 하지만 그럼에도 불구하고 많은 하이커들은 이곳을 거닐면서 뜻하지 않은 풍경에 감동을 받는다고 했다.

"우리는 이 구간부터 독립적으로 걸을 예정이야, 수현아. 우리에게 꽤나 뜻깊은 곳이거든."

⌣

곰통 곰으로부터 공격을 피하기 위해 식량을 담아놓고 자거나 이동할 때 냄새가 나지 않게 하는 파란 통이다.

　이전까지 간간히 함께하던 민아와 한수가 하이시에라가 끝나는 구간까지 둘만의 시간을 갖고 싶다고 했다. 정이 들었지만 선뜻 나도 함께하고 싶다는 말이 나오지 않았다. 나는 애초에 이곳에 혼자 오기도 했고, 여행은 늘 그렇듯 헤어짐과 만남의 반복이라는 걸 아니까.

"그럼요. 나도 언니, 오빠한테 배운 걸로 이제 혼자 걷고 싶어요. 이 구간이 끝나면 건강하게 다시 만나요. 아니다. 우리 어쩌면 가끔은 마주칠 거예요. 우리 속도가 비슷하니까요."

"그럼. 어차피 며칠 동안은 비슷한 구간에서 캠핑을 함께 할 거야. 애써 헤어지려고 노력하지 말자. 자연스럽게. 늘 그래왔던 것처럼 헤어지자고."

"오늘은 어디까지 갈 예정이에요?"

"발길이 닿는 곳까지."

점점 서로의 속도에 격차가 벌어지기 시작했다. 그도 그럴 것이 우리 모두가 이 길에 온지 한 달이라는 시간이 흘렀고 각자 자신의 속도에 맞춰 걷는 법을 터득했기 때문이다. 이제 또 다른 일들이 이 길 위에서 일어날 것이다. 한치 앞도 모르는 나의 인생처럼. PCT의 제 2의 서막 하이시에라로 향한다.

기억을 되새기다가

　　　　　　　　　　　기억이라는 어감이 참 좋아.
'ㄱ'과 같은 발음이잖아. 'ㄱ'이 한글 자음의 시작이듯 모든 상상
은 기억으로부터 시작되는 것 같아. 기억이란 나에게 그런 의미
야. 무언가를 시작하는 소중한 두 글자.

　　기억은 다른 의미로도 특별한 것 같아. 시공간을 마구 뛰어
넘는 블랙홀 같거든. 가끔은 어둠의 나락으로 나를 끌고 가지만
그 후에 그걸 치유하는 건 또다시 기억이거든. 기억에 너무 큰
의미 부여를 하는 것 같아 우습지만 굉장히 중요한 일이라고 생
각해. 한 자리에 몇천 년 서있는 나무를 기억하는 일로 우린 그

나무에게 생명을 불어넣기도 하잖아. 내가 좋아하는 만화의 대사 중에선 사람들이 진짜 죽을 때는 결국 사람들의 기억에서 잊혀질 때라고 하더라. 그만큼 기억은 사소한 모든 것들을 살아 있는 것들로 만드는 중요한 작용이지.

어제, 27마일을 걸어야 했어. 그러니까 약 44km 정도야. 캘리포니아의 태양은 알다시피 엄청나게 뜨거웠고 오르막과 내리막이 내 인내심을 시험했어. 어제는 입맛이 없기도 했지만 정말 식량이 동이나 버린 거야. 조금은 불안했지만 걸음을 멈추지 않았어. 집착이라 해도 좋아. 그렇게 그 뜨거운 구간을 넘는데 아찔한 게 자꾸 정신을 잃을 것만 같았어. 에너지가 이미 바닥난 상태로 오르막을 오르는데… 아마 스틱이 없었으면 올라가지 못했을 거야. 눈을 감으면 그대로 정신을 잃을 것 같아서 그때부터 내가 가장 좋아하는 기억을 되새기기 시작했어.

가족 이름, 친구들 이름, 여행에서 만난 사람들의 이름. 아그때 그 술집 안주… 라고 중얼거리다가 눈물이 나오기 시작했어. 엉엉 소리를 내다가 정신을 잃지 않기 위해 숫자를 셌지. 그런데 삼십 이후로 기억이 나지 않아 서둘러 가방을 뒤져 보니 와사비 콩이 남아있더라고. 그 매운 걸 한 주먹 퍼서 입에 쳐넣고 씹었더니 또다시 눈물이 나기 시작했어. 더 울면 그나마 있던 에너지를 다 쓸 것 같아서 꾹꾹 참는데 멈추지 않던 눈물이 며칠 동안 못 씻어서 구정물로 흐르더라.

감정이 북받쳐 오를 때쯤 저 멀리서 친구들이 손을 흔드는데 그냥 그 순간이 너무 감사했어. 기억이란 건 말이야 정말 소중한 것 같아. 그 끄나풀을 잡고 있는 그것만으로 내가 살아 있다는 게 틀림없거든. 그래서 난 기억이라는 말의 어감이 참 좋아.

낯선 이의 위로

통증이 아물지 않았다. 날이 갈수록 몸의 통증이 심해졌다. 발이 부어서 생긴 상처 때문에 양말이 피로 물들었다. 내가 할 수 있는 건 단 하나, 어서 마을로 가서 치료를 받는 것뿐이었다. 결국 새벽녘부터 일어나 걷기 시작했다. 발걸음을 내딛기 보다는 발걸음에 이끌려 걷는 편에 가까웠다. 가방은 왜 이렇게 무거운 건지, 오르막은 또 왜 이렇게 많은지. 에너지바를 입에 물고 있는 힘을 다해 걸었다. 여유가 없던 내 눈에 담긴 풍경은 단순히 반복적이었다. 어서 이곳을 벗어나고 싶었다.

오후 4시쯤 지났을까. 지도를 보니 두 시간 안으로 마을에 도착할 수 있을 것 같았다. 점점 희망이 보일까 싶은 찰나에 갑자기 발에 심각한 통증이 느껴졌다. 좁은 흙길에 앉아 신발을 벗어 보니 피가 흐르고 있었다. 발톱이 덜렁거리고 발이 부어서 끔찍한 모습이었다. 결국 그늘도 없던 길 위에서 쭈그려 앉았다. 눈물이 나기 시작했다. 이토록 멋진 풍경 앞에서 내가 할 수 있는 건 그저 참아내는 일뿐이다.

나는 못 견디게 아팠지만 세상은 여전히 평온했다. 머리칼을 흩날리는 바람 한줌과 나뭇잎이 부둥켜안고 춤을 추고 있었다. 무더운 여름의 기운이 스며들었다. 상처만 가득히 느껴지는 오후였다. 길 위에 앉아 고개를 떨군 채 한참을 넋 놓고 있을 때 멀리서 발자국 소리가 희미하게 들렸다. 백발의 노인이 힘겹게 길을 걷고 있었다. 나는 그녀에게 길을 내주기 위해 몸을 틀었고 그녀는 가볍게 눈인사를 건넸다. 나는 그녀의 눈을 피했고 다시 고개를 떨구었다.

늦장을 부리다 한 시간을 지체하고 말았다. 이렇게 시간을 보내느니 얼른 마을로 가야겠다는 생각에 다시 신발을 신었다.

썩썩할 리 없었지만 그런 척 가방끈을 부여잡고 앞으로 나아갔다.

몇 분쯤 걸었을까. 한 시간 전 만난 백발의 노인이 반대쪽에서 걸어오고 있었다.

"드디어 만났구나."

"네?"

"길을 걷다 앉아 있는 네 모습을 봤어. 발 상태가 너무 심각해서 걸으며 내내 네 생각을 했어. 혹여나 걷지 못할까 봐. 약은 있는 건지 걱정이 되더라고. PCT 하이커지?"

"네…"

"몇 가지 약들이야. 나는 오늘 하루 하이킹 온 거라 크게 쓸일이 없어."

그제야 고개를 들어 그녀를 볼 수 있었다. 그녀는 내 눈을 바라봤지만 나는 고개를 들 수 없었다. 눈물이 뚝뚝 떨어졌다. 그녀는 조용히 나를 안았다. 그리고 등을 토닥이며 나에게 속삭였다.

"Everything is gonna be okay. You can make it. I
  believe you."
모든 게 괜찮아질 거야. 넌 해낼 수 있어. 난 널 믿어.

몸속 깊숙한 곳에 있던 눈물을 토해냈다. 며칠간의 서러움
과 외로움이 낯선 곳에서, 낯선 이로부터 치유되고 있었다. 따
뜻한 난로 앞에서 아버지의 옛 이야기를 듣는 듯한 편안함이었
다. 그래, 어쩌면 내가 필요한 건 약이 아니었음을. 그저 따뜻한
말 한마디. 너를 의심하지 말라고. 넌 해낼 거라고. 무너지지 말
라고. 혹여나 무너지더라도 내가 존재하는 이유는 너를 위함임
을 기억해달라는 그 한마디가 필요했다.

다리는 무너지지 않기 위해
흔들린다

겁이 많은 편이다. 이렇게 높
은 곳에 올라와 숨을 내쉬면 공포감에 둘러싸인다. 세상이 내
발 밑으로 흐른다. 들리지 않는 소음, 저 편의 사람들은 아스팔
트 위를 쉴 새 없이 뛰어다니고 있을 것이다. 하지만 흙길을 밟
고 있는 나에게 그리고 저 산 너머 강 건너 바다 건너 있는 모든
사람에게 공통점이 있다면 무엇을 위해 달려왔든 한 번쯤은 '과
연 이 길이 맞을까.'라는 의구심을 갖겠지.

네팔에서의 일이었다. 그 당시 등산에 대한 관심은 없었지
만 '네팔에 왔다면 안나푸르나 한번은 올라야지.' 하며 무작정

트레킹을 결심했다. 작은 배낭 안에 담은 침낭과 옷가지들. 돈 몇 푼 아끼자고 여행할 때 신던 컨버스 화를 신고 무작정 산에 올랐는데 지금 생각하면 무모하고 어리석었다. 5일 정도 걸리는 짧은 트레킹 코스지만 태어나서 단 한 번도 산을 제대로 타 본 적 없던 나는 무척 긴장됐다. 안나푸르나를 다녀온 사람이라면 알겠지만 트레킹 코스가 생각보다 쉽다. 산 구간 사이 마을에는 롯지가 있고 한식도 심심하지 않게 찾을 수 있다.

비가 오던 날이었다. 혼자 노래를 흥얼거리며 산모퉁이를 도는데 갑자기 비가 떨어지더니 이내 소나기처럼 거세게 휘몰아치기 시작했다. 비를 피하기 위해 달려간 처마 밑에서 스님과 우연히 만난 그날은 평생 잊을 수 없는 순간으로 남았다. 그 당시 여행이 궁금했던 스님, 그리고 세상의 악과 슬픔, 분노로 병치되어 있던 나를 관통하던 몇 마디. 이렇게 높은 곳에 올라오면 그날 나를 울린 스님의 몇 가지의 말들이 아직도 선명하게 기억난다. 그중 오늘 문득 생각이 나는 말이 있다면 흔들리는 나의 존재에 관한 이야기다.

정상에 다다를 때 스님은 문득 노량진의 육교 이야기를 하셨다. 육교를 본 적 있느냐고. 본 적 없다는 나에게 스님은 보통의 교량을 묘사하며 이야기를 이어 나갔다.

"보통 다리가 만들어질 때 무너지지 않기 위해 흔들리도록 설계된다고 하더군요. 사실인지 아닌지는 모르겠어요. 하지만 수현 씨, 우리가 건너온 다리 혹은 수현 씨가 서울에서 건넜던 다리에 큰 바람이 치면 흔들린 적이 있지요?"

"네. 생각해 보니 그런 것 같아요. 그 다리는 제가 느끼기에 크고요."

"다리는 무너지지 않기 위해 흔들려요. 마치 우리 삶처럼."

다리는 무너지지 않기 위해 흔들린다는 것. 우리 또한 다리처럼 결코 무너지지 않게 흔들린다던 그 말씀. 오늘과 어제처럼 그리고 매 순간 나는 무너지지 않기 위해 수십 번을 흔들려야 했다는 걸 알았다.

이 길을 걷기 위해 나는 캐나다에서 두 세 곳에서 아르바이트를 하며 고단한 생활을 이어 왔었다. 매일 일이 끝나면 집에

기 잠을 자는 생활의 반복. 오직 하나의 목표를 향해 달려가던 때였다. 매일 서서 일해야 했기에 다리는 늘 퉁퉁 부어 있었고, 높은 언어 장벽 탓에 실수가 많아 밤이면 부족한 영어 공부를 해야 했다. 하지만 목표를 위해 수십 번 다시 일어났다. 비록 수도 없이 흔들렸지만 나는 지금 이 길에 서있다.

발밑으로 밀려난 흙이 소리 없이 산 밑으로 흩어진다. 수십 번이고 흔들리는 내가 다행이라는 생각이 들었다. 흔들리되 무너지지 않기를.

Don't forget me na

　　　　　　　　　　　　　내가 그녀의 진짜 이름을 알
게 된 건 보급을 위해 숙소를 함께 쓰게 됐을 때였다. 마을로 내
려오기 이틀 전 지나가다 만난 데이 하이커*가 몇 시간 후 만날
강의 물살이 굉장히 세게 흐르고 있으니 조심하라고 조언했다.
물이라면 극도로 무서워하는 내가 그 이야기를 차라리 안 들었
다면 발걸음이 이토록 무겁지 않았겠지? 그 강을 마주하기 몇
시간 전부터 걸음과 신경이 온통 몇 시간 후 마주할 강의 물살

〰
데이 하이커day hiker　하루만 걷는 하이커.

106

로 향해 있었다.

간밤에 찾아온 이슬이 나뭇잎을 촉촉하게 적셔 놓았다. 떨어진 이슬이 머리를 타고 흘렀다. 이내 눈가를 지나 뺨을 타고 흐르더니 그 모습이 어린 아이가 울고 있는 것 같아 꽤 우습게 됐다.

"울고 있니?"

분명 기척이 없었는데 어느새 내 뒤로 여자아이가 다가왔다. 아마 강물 생각에 빠져 있었던 것 같다.

"아니야. 이슬이 얼굴을 타고 흘러서 그렇게 보이는 거야. 내가 우는 줄 알았어?"

"응. 뒤에서 볼 때부터 느꼈지만 뭔가 기운 없어 보였거든. 안녕, 너도 PCT 하이커지?"

"응, 안녕. 내 이름은 시데 혹은 수*야. 네가 부르고 싶은 쉬운 이름을 불러."

⌣

시데 혹은 수 트레일에서는 본명보다 별명으로 지은 '트레일 네임'을 사용한다. 나는 이름 중 한 자인 'Soo' 또는 티벳어로 평화를 의미하는 'Shide'로 지었다.

"내 이름은 Don't forget me na."

"나를 잊지 마? 네 이름 굉장히 독특하다. 네가 만든 거야? 절대 잊을 수 없겠는데?"

"응. 사람들이 나를 지나치고 그 길로 잊는 게 싫어. 그래서 이런 이름을 만든 거야.'

그녀의 특이한 이름이 잠시 웃음을 주었다. 하지만 그것보다 중요한 건 수영을 하지 못하는 내가 곧이어 나올 강에서 누군가와 함께 할 수 있다는 안도였다. 신은 나를 버리지 않은 걸까. 안도감이 밀려오기 시작했다.

몇 시간을 내려가기 시작했다. 그녀와 그녀의 친구는 내가 따라잡을 수 없이 엄청나게 빠른 속도로 나를 앞질렀다. 어디서 저런 힘이 나오는지 몰라도 내리막길을 속도가 좀처럼 줄어들지 않는 공처럼 부드럽게 내려갔다. 그들과의 격차가 커지면 조바심이 느껴졌지만 그저 함께 해줄 거라는 믿음 때문인지 아침보다 한결 마음이 나아졌다. 어느새 물소리가 들리기 시작했다. 그들이 말한 곳이 여기구나. 풀을 헤집고 몇 분을 걷자 커다란 강이 나왔다. 그리고 건너편에서 그녀와 그녀의 친구가 양말과 옷을 벗어 말리는 모습이 보였다.

"어! 수!"

건너편에서 그녀가 소리쳤다. 두 사람은 몇 마디 이야기를 나누더니 그녀의 친구가 바지춤을 올리고 다시 강으로 들어왔다. 그러곤 낮은 수심을 찾아 내 쪽으로 걸어오더니 손을 내밀었다. 차가운 물의 온도, 발밑으로 물의 소용돌이가 미세하게 느껴졌다. 그의 커다란 손을 잡고 심장이 요동칠 때쯤 물이 허리까지 찼다. 덜컥 겁이 났는데 그가 뒤를 돌아 가방을 머리 위로 들라고 손짓했다. 이제 온전히 내 힘으로 그의 뒤를 따랐다. 가방을 번쩍 들고 그의 목선에 집중하며 아주 작은 움직임을 따라갔다.

이내 차가운 발이 뜨거운 풀밭 위에 놓여졌다. 멀리서 그녀가 뛰어오더니 나를 꽉 끌어안고 잘했다는 이야기를 연거푸 늘어놓았다.

"이 순간을 절대 잊지 못할 거야."

길을 잃다

발걸음 위로 수많은 풍경들
이 바스락거린다. 그리운 사람들이 이 시린 겨울날, 따뜻한 밥
한 끼 먹었을까, 생각에 잠겨 걱정되던 화창한 날의 오후. 오후
의 고요함에 취해 발걸음을 멈추지 않고 걸었다.

걸음의 속도에 맞춰 모든 생명체가 각기 소리를 내고 부딪
쳤다. 새벽의 공기, 오후의 숨 막히는 열기, 고요한 저녁의 텐트
안. 모든 게 수증기처럼 습하게 남아 있었다.

길은 명상의 시간으로 여겨질 때가 있다. 그저 단순히 잘 곳

과 먹는 일만 걱정하니 외부의 것들이 떠오를 턱이 없다. 그저 나에게만 집중한다. 그렇게 몇 시간을 걷다 보면 이정표를 보지 못하고 수십 차례 길을 잃기도 한다. 길을 잃는다는 건 여간 짜증나는 일이 아니다. 한 시간을 걸어왔다면 한 시간을 돌아가야 하는 그 절망감은 이루 말할 수 없었다.

결국 아름답게 뻗은 능선 사이에서 비추는 태양의 자태에 정신을 잃고 주변을 둘러보니 무성히 자란 풀들이 잘못된 길에 서 있다는 걸 깨닫게 했다. 지도를 다시 켜 돌아갈 방향으로 몸을 틀어 움직이는데 등 뒤에서 분홍빛 노을이 하늘을 뒤덮고 있었다. 그 사이로 모든 생명들의 소리가 아주 선명하게 들렸다. 저 멀리서 동물들이 땅위에 서서 허리를 세운 채 두리번거리며 나와 같이 온 세상을 만끽하고 있었다. 순간 길을 잃어버렸다는 것이 아주 낭만적인 이벤트라고 느껴졌다. 서둘러 돌아가야 한다는 압박감이 주는 무게와 다르게 몸은 아주 사뿐히 움직일 수 있었다. 특별한 일탈 따위가 아니다. 길을 잃은 것뿐이지만 나는 그 순간 찰나의 기쁨을 느끼고 있었다.

돌이켜보면 길 위에서나 삶 속에서나 우리 모두는 어떤 형

태에 취해 길을 잃기 마련이다. 분명한 건 결과가 어떻든 그 과정 속에서 우리는 이유 없는 일은 없다는 걸 알게 된다는 것이다. 결국 우리는 길을 잃는다. 아무도 우리가 어디로 가야 할지 짐작하지 못했다. 그저 흙을 따라, 바람을 따라 걷다 마주한 것은 무한한 희망이었다. 그러니 다시 한번 길을 잃기를, 그곳에서 우리가 마주하기를.

휘트니마운틴

어둠의 그림자가 산을 둘러 쌌다. 새벽 4시, 눈을 떠보니 한수와 민아가 조심히 움직이는 소리가 들렸다. 어쩌다보니 그들과 이곳, 휘트니마운틴Mt. Whitney 근처 도시에서 만나 함께 산을 오르기로 결정했기에 어제 저녁은 함께 캠핑을 했다. 눈을 떴는데 그들이 있다는 것만으로 안도감이 들었다.

"수현아, 일어나. 갈 준비하자."
"언니, 너무 추워요. 온몸이 떨려요. 그래도 다행인 건 여기 오기 전에 싸구려 침낭을 바꾼 거예요. 신의 한 수였어요."

"그럼. 그만 늦장 부리고 나와, 애기."

민아가 추위에 떨리는 목소리로 나를 불렀다. 침낭을 벗어나자 산속의 한기가 온몸으로 느껴졌다. 저녁에 미리 떠놓은 물을 가방에 챙겨 넣고 텐트에서 나와 신발을 신었다. 잠든 사이에 다녀간 추위의 흔적이 신발 속에 살얼음으로 고스란히 남겨져 있었다.

"다 챙겼지? 오늘은 산 정상을 찍고 다시 이곳에서 캠핑을 하자. PCT를 걸으며 경험하는 첫 고산지대야. 수현이, 너는 물론 네팔에서 안나푸르나 베이스캠프를 가본 적 있다고 하지만 그래도 방심은 금물이야. 우리가 평소 가던 걸음의 반 정도 되는 속도로 걸을 거야. 안전하게 걷자고."

한수와 민아가 내 눈을 보며 비장하게 말했다. 어두운 탓에 그들의 눈동자가 희미하게 보였지만 강렬한 목소리에서 뿜어져 나오는 힘이 있었다. 이곳을 혼자 가지 않게 되어 다행이라고 느꼈다. 사실 이 산을 함께 타자고 제안했던 건 그들이다. 언제나 나를 막내 동생처럼 여기는 그들이 고산지대에 남아 있는 눈

때문에 혹여나 신발이 벗겨지거나 길을 잃지 않을까 싶어 한 제
안이었다. 나는 받아들였다. 그들이 그리웠으니까.

우리가 걸을 수 있는 최대한의 속도의 절반에도 미치지 않
도록 아주 천천히 발걸음을 내딛었다. 마치 거북이가 물속에서
나와 온몸을 땅에 대고 기듯 조심스럽게 걷기 시작했다. 새벽녘
에 출발한지라 어둠은 쉽게 가시지 않았다. 그저 나는 민아의
뒤꿈치를 보며 헤드 랜턴에 의존해 걸었다. 일전에도 나이트 하
이킹을 싫어한다고 몇 번이나 그들에게 말했지만 이곳은 별다
른 방법이 없었다. 더군다나 나는 그들에게 무한한 신뢰 같은
것이 쌓였기 때문에 '나이트 하이킹 정도야.' 하고 가볍게 생각
할 수 있었다.

두어 시간을 걸었을까. 태양과 달이 호수에 비쳐 은은하게
그 빛을 뿜어내고 있었다. 강렬한 색이 주는 감동이 아니었다.
틀림없이 수수한 빛의 완성을 보여주고 있었다.

"호수가 너무 아름다워. 우리 잠깐 쉬자. 화장실도 가고 싶고."

눈이 부시는 경이로운 순간에 나는 그만 화장실에 가고 싶어졌다. 이상하게도 나는 종종 아주 엉뚱한 상황에 화장실을 가곤했다. 바로 오늘처럼. 어차피 어둠이 깊었고 하이커들도 내가 잘 보이지 않을 것 같다는 생각에 돌 뒤에 자리를 잡았다. 힘을 주며 하늘을 올려다보니 까만 하늘이 더욱 부시도록 어두웠다. 내가 볼일을 보는 동안 그들은 조용히 이야기를 나누고 있었다. 차라리 소리라도 편하게 낼 수 있게 떠들면 좋으련만 그들은 산속의 적막함을 즐기고 있었다.

"이제 다시 오릅시다."

우리는 다시 묵묵히 걷기 시작했다. 마치 동방박사 세 사람이 예수를 찾아 떠나듯 조용히 앞사람의 뒷모습만 보며 걷기 시작했다.

"헉헉. 꽤나 높은 지대로 올라왔나 봐. 아침도 오는 것 같고. 숨이 차기 시작하네. 수현아, 괜찮아? 물 마시고 있니?"
"응. 잘 마시고 있어요. 저도 숨이 차기 시작해요. 그런데 고산병이란 건 누구에게나 올 수 있는 거랬죠?"

"그럼. 우리가 알고 있는 산악인들 대다수도 가끔 고산병을 겪으니까. 왜 머리가 아파?"

"아니요. 오히려 상쾌하네요. 시원한 공기를 머금으니까."

"조금만 더 오르면 될 것 같아. 저기 작게 보이는 저곳, 잡힐 것 같은데 잡히지 않는 저곳이야. 힘내자!"

평소 산행을 자주하던 그들은 서로에게 힘을 주며 앞으로 나아가기 시작했다. 가는 길이 미끄러우면 서로 손을 잡아줬고, 몸 상태며 물을 자주 마시는지, 소변을 보러 가는 것까지 아랑곳하지 않고 기다려줬다.

이윽고 아침이 밝아오기 시작했다. 더 이상 잡히지 않을 것 같은 정상이 눈앞으로 다가왔다.

"수현아! 조금만 힘을 내…!"

저 멀리서 우찬과 재홍이 손을 흔들었다. 걸음이 빠른 그들은 이미 도착해 우리를 기다리고 있었다. 나머지 다섯 걸음. 다섯 걸음을 내딛어 정상에 이르렀다. 서로를 안아주며 우찬은 어여쁜 소년처럼 눈물을 흘리고 있었다. 우리가 인간의 힘을 초월하는 산을 걷는 엄청난 등반가가 된 건 아니었지만 누가 뭐래도

우리는 서로에게 힘이 되어 캘리포니아에서 가장 높다는 산의
정기를 받고 있었다.

"이렇게 높은 곳에 오면 자유로워져. 저기 보여? 발가벗고
있는 사람들. 저거 다 PCT 하이커들이야."
"우리도 나체로 사진 찍자."
"좋아."
우리는 스스럼없이 옷을 벗고 멋진 풍경을 향해 두 팔을 벌
렸다. 차갑다 못해 쓰라린 바람이 살갗을 통해 느껴지고 있었
다. 우리는 잠시 눈을 감고 쑥스러움도 잊은 채 그저 자유라는
순간만을 만끽했다.

그리움의 경계

마을에서 하루를 지내고 다음날 차를 타고 산으로 돌아왔다. 히치하이킹은 마을에서 쉽게 할 수 있었고 오래 지나지 않아 내가 겁에 질려 도망 왔던 그 자리에 다시 서 있었다. 저 멀리 뻗어있는 산의 능선을 보니 여전히 겁에 질려 입술이 파르르 떨렸지만 그의 말대로 한 번뿐인 지금 현재에 집중하자는 생각으로 다시 길에 올라섰다. 다행히도 다시 길로 복귀할 때 빅스푼을 포함해 두세 명의 친구들과 함께 하이킹을 할 수 있게 되었다.

한동안 사막을 연상시키는 마른 땅이 언덕으로 펼쳐져 있었다. 한 시간 쯤 걸었을까 서서히 하이시에라의 모습이 보이기 시작했다. 빅스푼과 다른 한 친구는 이미 나보다 먼저 앞서가고 있었고 나는 그들 뒤를 따라 걷고 있었다. 어제 그가 내게 한 말을 곱씹으며 천천히 주위를 살펴보았다. 내가 이 길을 끝내고 다시 일상으로 돌아간다면 두 번 다시 돌아오지 않을 순간들을 걷는 거겠지? 가파른 언덕에 소복이 쌓여 있는 눈과 산 밑으로 보일 듯 보이지 않는 작은 호수들, 넓은 잎사귀의 나뭇잎들, 작은 풀꽃들. 마주하는 바람들 그리고 내 앞을 묵묵히 걸으며 견뎌내는 친구들. 이 모든 상황들이 지금 이 순간만 누릴 수 있는 것들이겠지?

길을 감내하고 토해내는 순간들이 지나가고 나면 우리는 좋은 땅을 찾아 텐트를 치고 모닥불을 피워내며 보고 싶은 사람들, 먹고 싶은 것들에 대해 꿈처럼 이야기를 나누며 살아가는 삶이 언젠가는 그리워질 것이다. 마치 내가 지금 지나간 일상을 그리워하는 것처럼.

"수, 너는 지금 제일 하고 싶은 게 뭐야?"
"나? 글쎄⋯ 그냥 서울의 거리를 누군가와 손을 잡고 걷고 싶어. 여름이어도 좋아. 겨울이어도 좋고."

"꽤 낭만적이네. 나는 말야, 의자에 앉아 밥을 먹고 싶어. 이렇게 쪼그려 앉아 모래알이 씹히는 저녁 식사가 아닌 따뜻한 음식을 먹고 싶어."

"그리고 마른 옷가지들을 입고 싶어. 빅스푼, 빨래 냄새 알지? 난 그 냄새를 무척 좋아해. 여행할 때면, 골목을 쏘다니며 각국의 빨래 냄새를 맡는 게 내 취미였다니까? 빨래 냄새가 풍기는 바짝 마른 옷을 입고 싶어."

조용히 식사하던 빅스푼의 친구 선샤인이 나지막이 우리의 눈을 바라보기 시작했다.

"나는 코끼리를 보고 싶어."

"코끼리? 본 적 있어?"

"아니, 단 한 번도. 까슬까슬한 감촉을 느껴보고 싶어. 아프리카에 가면 볼 수 있을까?"

"선샤인, 무슨 얘기하는 거야? 수와 나는 감성에 젖어 있다고. 엉뚱해, 정말."

"물론. 알지. 하지만 꿈꿔왔던 PCT가 일상이 된 것처럼 그리고 지금은 너희의 평범했던 일상을 다시 꿈꾸는 것처럼 그게

꿈이 될지, 일상이 될지 모르잖아? 엉뚱한 소리라도 괜찮아. 혹시 아니? 이걸 끝내고 나면 내가 코끼리를 보호하는 보호센터에 들어가서 코끼리를 만지는 일을 하다가 지금 이 건조한 음식들을 다시 꿈꾸게 될 수도 있다고."

어쩌면 그녀의 말처럼 그리움은 시공간을 넘어 마음속을 자유롭게 떠다니는 구름과 같은 건지도 모른다. 단지 우리가 알아야 할 건 그리움은 기억의 일부이기에 그때에만 존재한다는 것. 그러니까 어제, 오늘, 내일을 동등하게 여기고 살아갈 것. 하루하루가 다시 돌아오지 않는다는 걸 알고 충실하게 살아 낸다면 먼 훗날 그리움의 경계가 허물어질 때 웃으며 계절의 내음을 만끽할 수 있겠지.

한수의 생일

한수의 생일이 다가오고 있었다. 오빠는 늘 내가 빠르다고 했지만 앞서 가는 오빠의 걸음은 이제는 더 이상 따라잡을 수 없었다. 우연인지 오빠의 생일이 다가오자 우찬과 재홍도 다시 만날 수 있게 되었다. 산에서 보내는 별것 없는 하루일지라도 우리에게는 한수의 생일이라는 특별한 이벤트로 무척이나 들떠 있었다.

오늘이 오빠의 생일이라는 이유로 우리 모두가 함께 길을 걷고 있었다. 만약 우리가 이 길을 걷지 않고 그의 생일을 축하해줄 수 있었다면 달콤한 케이크, 시원한 맥주 한잔하며 이야기

를 나누었겠지만 그건 그저 꿈일 뿐이었다. 단지 우리가 그에게 줄 수 있던 건 좋은 텐트 자리를 양보하는 것, 비좁은 텐트 안에 구겨 앉아 노래를 부르며 하이커 음식을 나누는 게 전부였다.

저녁이 되고 우리는 산 정상을 내려와 아주 예쁜 호수 앞에 텐트를 쳤다. 사방을 둘러싼 산꼭대기에는 눈이 어여쁘게 쌓여 있었고 오렌지 빛 향수를 머금은 듯한 노을이 호수 속에 들던 곳이었다. 폭신한 풀밭이 우리 앞에 끝없이 펼쳐져 있었지만 바람은 차가웠다.

어두운 텐트 안에서 우리는 한수의 생일을 위해 각자 자신의 소중한 식량을 하나씩 꺼내왔다. 정작 가장 소중한 식량인 건조 김치를 꺼낸 건 생일 당사자인 한수였지만. 그 좁디좁은 2인용 텐트에 테트리스를 맞추듯 꾸겨 앉아 그간 아껴왔던 참치로 참치김치찌개를 끓이고 인스턴트 음식과 스리라차 소스를 버무린 정체 모를 음식으로 그의 생일을 축하했다. 서른이 훌쩍 넘은 그는 생일이 대수냐며 쑥스러워했지만 우리에게 큰 버팀목인 그에게 소소한 생일파티밖에 열어 주지 못해 미안할 따름이었다. 나는 그저 축하한다는 말과 부끄러워서 전하지 못했던 말들을 어두운 텐트 안에서 조용히 건넸다.

오빠가 있으면 좋겠다고 생각했다. 외동이었던 내가 7살 무렵, 동네 아이에게 맞고 집에 돌아온 날에 엄마는 되레 맞고 다니는 나를 보며 혼내셨다. 만약 내게 오빠가 있었더라면 나를 괴롭힌 아이를 혼내줬을 텐데. 그런 생각을 종종 했다. 한수는 그런 오빠였다. 나와 비슷한 구석이 많아서 많이 다투지만 반대로 서로가 통할 때만큼은 한없이 연대를 이어나가는 사이. 한수라면 분명 나를 괴롭힌 아이들을 혼내줬을 것이다.

우리가 알고 지낸 일 년이라는 시간은 짧지만, 이렇게 우리가 서로를 알게 된 이상 고된 길을 함께 나눈 친구이자 오빠로 아주 오래 남을 것이다. 어쩌면 내가 한국에 돌아가서 많은 일들에 치일 때면 오빠에게 전화해서 어린 아이처럼 칭얼거리겠지. 오빠가 처음 텐트 치는 걸 도와주던 그날, 민아를 보며 짓던 순박한 웃음, 세상 일거리들을 이야기하며 우리가 나아가야 할 방향이 어디인지 끊임없이 고민하는 모습 속에서 오빠를 존경하고 있었다.

오빠를 보면 청보리 밭이 생각났다. 푸르고 싱그러운, 뜨거운 바람에 휘날리는 연약하지만 관능적인 자태를 뿜으며 흔들리는 청보리. 지금 내가 줄 수 있는 선물이 고작 마른 음식일 뿐이라도 나는 영원히 그를 청보리밭으로 기억하며 살아갈 것이다. 밤이 지나고, 계절이 지나고, 우리가 다시 만나 그의 생일을 축하해 주는 어느 날에도 이날을 회상하며 나는 청보리밭 내음을 기억해내겠지.

한수 오빠, 생일 축하해.

걷는다는 것의 의미

티벳어로 인간이라는 단어
는 '걷는다'는 의미를 내포하고 있다고 한다. 수십 년 전 인류가
시작되고 두발로 땅을 딛는 순간을 보며 오래 전 티벳 사람들
은 인간을 걷는 것에 비유했고 걷는 것을 곧 인간으로 여겼던
셈이다.

나의 긴 걸음들을 생각해 보았다. 나는 지금 여전히 걷고 있
지만 여태껏 내가 걸어왔던 길들을. 어머니께 꾸중을 듣고 동네
어귀를 걷던 모습, 바라나시 미로 골목을 쏘다니던 모습, 눈이
많이 오던 토론토 버스를 타기 위해 걷던 모습, 포르투갈의 어

느 도시에서 빨래 냄새를 쫓아다니던 나⋯. 세상의 많은 길을 걸었고 그 당시 사색에 잠겨 사물을 깊이 보던 나의 모습들이 스쳤다. 내가 이 길을 걷는 목적은 여전히 불분명하지만 그때의 내가 그래왔던 것처럼 나는 여전히 감정을 소모하기 위해 정처 없이 걷는다.

누군가는 이 일이 얼마나 비생산적인 일이냐고 물을 수 있다. 나조차도 여전히 의문이었다. 내가 도대체 무엇을 위해 머나 먼 길, 캐나다까지의 여정을 택했는지 알 수 없었다. 단지 내가 위안을 삼을 수 있는 것이 있다면 걷는다는 것 자체로 낭만적이라는 것이다. 사방에 흩어진 풍경들과 여러 대지를 지나며 느끼는 계절의 색깔들. 삶은 다채로운 색들로 엮여 있다. 나는 그 위를 무거운 그늘을 안고 걷기도, 경이로움에 가볍게 걷기도 한다. 길을 걸을 때면 내 머릿속에는 결코 나는 혼자가 아니라는 위안을 주는 오래된 기억과 나의 사람들이 아른거린다. 기억 속의 일부를 꺼내와 그리워하다가 그들과 내 존재가 얼마나 아름다운 것인지에 대해 사유하기도 한다.

인간이라는 단어가 걷는다는 의미를 내포하고 있는 것처럼 우리는 수많은 우주를 걷고 있다. 시간을 걷고, 추억을 걷고, 계절을 걷고, 길을 걷고…. 그 사람의 걸음으로 삶의 무게를 알 수 있다는 말처럼 걷는다는 것은 언제나 자신의 또 다른 모습임에 틀림없다는 생각이 든다.

그래서 나는 여전히 걷는다, 이곳이 어디인지 모르면서.

발 냄새

'수현이 발에서는 개 냄새가 나.'

커다란 산에서 내려왔다. 오전에는 계곡을 많이 건넜다. 이제는 귀찮아서 신발을 벗지 않고 가방만 머리 위로 번쩍 들어 최대한 덜 젖을 수 있게 걷는다. 하지만 불가능하다. 계곡물이 신발 사이로 스며들어와 축축하게 젖는다. 그래도 걷다 보면 어느새 신발이 말라 있다. 물론 양말까지는 마르지 않지만 말이다. 그럴 때면 잠시 바위 앞에 멈춘다. 양말과 신발을 햇볕에 말려두고 간식을 먹거나 물을 마시며 여유를 만끽한다.

지나왔던 패스pass들이 머릿속에 맴돈다. 처음 건넜던 글렌패스Glen Pass, 뮤어패스Muir Pass 등 하루에도 수없이 많은 패스들을 넘었다. 수많은 풍경들을 건너왔다. 산, 물, 들판, 눈과의 싸움이 이제 조금씩 내 등 뒤로 멀어져 가고 있었다.

어디선가 고릿한 냄새가 나서 돌아보니 내 옆에 양말과 신발이 있었다. 신발과 양말을 들어 냄새를 맡았다. 역겹지만 모든 길의 노력과 추억들이 쌓여있는 냄새였다. 나는 냄새로 그곳들을 기억한다. 이를테면 태국의 냄새는 알싸한 라임그라스 냄새, 인도의 냄새는 향, 캐나다의 냄새, 아프리카의 냄새⋯. 모든 곳에는 그곳에만 존재하는 고유한 냄새가 있었다. 마치 나의 발 냄새처럼.

바람이 세게 불던 날이었다. 민아와 한수 그리고 내가 한 텐트에 옹기종기 모여 저녁밥을 준비하고 있었다. 한수의 고약한 발 냄새 때문에 신경질적인 어투로 한수에게 떨어지라고 하자 심통난 그가 나에게 던진 말이 있었다. 내 발 냄새는 개 냄새라고 했다. 스물다섯 살 어여쁜 여자에게 개 냄새라니. 우리는 참아왔던 웃음을 터뜨렸다. 민아도 옆에서 자기도 사실 그렇게 생

141

각해왔다며 동조했다.

문득 집에 있는 강아지 별이 냄새가 생각났다. 이틀만 씻지 않아도 개한테서 나는 특유의 냄새가 있다. 비린내인데 역겹지 않은. 미끌거리는 것 같은 개 냄새. 씻겨 나가지 못한 먼지들이 묵묵히 쌓여 있는 냄새. 그들이 무엇 때문에 나에게 개 냄새가 난다고 하는지 이해할 수 있었다. 산과 들에 취해 발 냄새를 맡는 이 순간 이 냄새가 오래도록 기억에 남을 것 같았다. 내가 머물다간 여느 곳들을 기억하듯이. 인생을 살다가 지쳐 쓰러지면 꿉꿉한 발 냄새를 기억해야 겠다. 그것들이 온 몸에 퍼져 나가 작게나마 내게 위로를 줄 수 있을 것 같다.

나의 냄새는 개 냄새. 하루를 마무리하고 신발을 벗다가 문턱에서 또다시 이 냄새를 맡게 된다면 아마 지금처럼 오늘 하루를 잘 버텼다는 뜻이겠지.

가볍고 알차게 짐을 꾸리는 방법

나는 전문 장거리 하이커도 아니었고, 캠핑에는 많은 정보가 없었다. 하지만 PCT를 완주한 이후로 장비의 중요성을 느꼈다. 초반에 아마존에서 산 싸구려 텐트와 침낭 가방은 결국 한 달도 채 안 되서 버리게 됐고, 하이킹을 하는 도중 다시 사야했다. 물론 장비가 좋다고 잘 걷는 건 아니지만 장거리 하이킹은 아주 장기적으로 봐야 한다. 자신의 체격에 맞지 않는 가방을 들고 다니면 어깨에 통증을 자주 느끼게 되고, 가장 많은 부피를 차지하는 텐트가 무거우면 식량을 덜어야 한다. 때문에 장비는 경량으로, 좋은 것을 택해야 한다. 최대한 적게. 많은 것을 들고 가지 않아야 한다. 괜한 걸 들고 갔다가 일주일 만에 다 버리고 싶어질 테니.

〈체크 리스트〉

☐ 속옷

☐ 상의

☐ 하의

☐ 세면도구 잘 씻지 못하므로 칫솔, 치약이면 충분

☐ 휴대용 충전기

☐ 선크림 필요하지만 잘 바르지 않게 될 것

☐ 텐트

☐ 침낭

- ☐ 캠핑용 매트리스
- ☐ 등산용 스틱
- ☐ 신발
- ☐ 하이킹 양말
- ☐ 수저 세트
- ☐ 스토브
- ☐ 캠핑용 냄비 세트
- ☐ 낙타 물통 가방 안에 넣어서 호스로 물을 마실 수 있는 물통
- ☐ 물통
- ☐ 휴대용 물 정수기
- ☐ 정수약
- ☐ 간단한 상비약
- ☐ 경량패딩
- ☐ 슬리퍼
- ☐ 물품 주머니 가방을 정리하기 위해 주머니를 추천한다
- ☐ 식량
- ☐ 곰통 시에라 구간에서 필요하므로 그때 맞춰서 사면 된다. 시에라 구간에 곰이 많기 때문에 곰으로부터 공격을 피하기 위해 곰통에 식량을 담고 자거나 이동할 때 냄새가 나지 않게 하는 파란 통이다.

곰통

낙타 물통

3.
온전한 외로움,
익숙하지 않은 중력

NORTHERN CALIFORNIA

1,747.2~2,707.2km

지루함을 이기는 방법

"이제 걷는 것 따위 어렵지
않아. 기억나지, 수현아? 우리 초반에 15km 정도 밖에 못 걸었
는데 이제는 무리 없이 30km를 걷고 있어. 우리 체력도 나름
성장한 거라고."

"기억나? 처음 30km 걷고 오빠랑 언니한테 화내고 파라다
이스에 가서 갑자기 아파서 앓았던 거. 생각하면 웃긴데 그게
고작 두어 달 전이라니. 짧은 시간 안에 내가 많이 성장했나 봐,
그치?"

"응. 근데 나는 요즘 길이 어렵고 힘들다는 생각은 하지 않
는데 길이 지루해졌어."

옆에 있던 풀가지를 꺾어 손으로 비비 꼬던 한수는 말을 이어갔다. 변덕스러운 자신의 성격 때문인지 몰라도 길이 조금씩 지루해진다고. 처음에는 호기심이 생기고 모든 게 새로웠지만 시간이 흐르면서 나름 경력이 생겼다고. 하이킹하는 동안 장아찌를 담그거나 스프링롤을 해먹는 재미가 있었는데 이제는 더 이상 뭐가 재밌는지 모르겠다고 했다. 그건 민아도 마찬가지였다. 우리를 감동시키는 풍경들이 저 너머에 있었지만 그들은 매일 반복되는 길을 걸으며 권태로움을 느끼고 있었다.

"그럼 둘이 따로 걸어봐. 언니도 혼자 해봐요. 둘이 세계여행 하면서 떨어져서 다녀본 적 있어? 물론 외롭겠지만 분명 값진 시간이 될걸?"

"사실 우리 시에라시티Sierra City에서 헤어지면 2주 동안 따로 걷기로 했어."

저녁이 오고 있었다. 맥주 한 캔을 따 테이블에 앉아 사뭇 진지하게 이야기를 이어 나갔다. 나는 어느 정도 그들의 마음을 이해할 수 있었다. 나는 아직까지 지루함을 느끼지 못했지만 일전에 아프리카를 여행하던 도중 그들과 비슷한 감정을 느꼈기 때문이었다. 그땐 무엇을 봐도 감흥이 오지 않았다. 남들이 부러워하는 삶 속에 살고 있는데 그게 위선이 되고 있는 듯한 느낌을 받을 때가 종종 있었다. 인터넷도 되지 않는 시골 동네 더러운 숙소 한켠에 앉아 멍하니 선풍기 팬을 바라보는 기분. 눈을 뜨면 짐을 싸고 내일이면 사람들 사이에 끼여 앉아 어디로 가는지 모른 채 이방인처럼 사는 기분. 나는 앞으로 나아가고 있었지만 권태로움이라는 무기력함이 나를 잡아당기고 있었다.

그즈음, 운명처럼 류시화 시인의 문장을 읽고 자전하듯 이곳에 이끌려 왔다.

'시인의 눈으로 세상을 바라보라.'

새로운 도약이었다. 민아와 한수가 끝없게 느껴지는 길 위에서 지쳐 버리고 의미를 잃었을 때 또 다른 자극을 찾아 길을 이어나가는 것처럼 그 시절의 나도 무의미 속에서 의미를 찾기 위해 끊임없이 고민하고 나아가고 있었다. 시인의 말처럼 시인의 눈으로 세상을 바라보며.

　맥주를 시원하게 입속에 털어 넣고 탁자에 내려놓았다. 그
리고 온 힘을 다해 그들의 눈을 응시하며 이야기를 이어 나갔다.

　"둘 다 모두 응원해. 물론 나도 말야."

나만의 행성

다시 길로 돌아왔다. 한수가
말한 것처럼 지독히 똑같은 풍경이 펼쳐져 있었다. 그들과 떨어
진지 이틀째, 우리는 PCT days*의 날짜에 맞춰 샤스타마운
틴Mt.Shasta 근처 도시에서 만나기로 약속하고 각자의 길을 떠
났다.

노스캘리포니아로 다시 돌아와 보니 미칠 듯이 더운 날씨가

PCT days 장거리 하이커들을 위해 열리는 3일간의 축제로, 다양한 아웃도어 브
랜드가 후원해 부스를 열고 각종 이벤트를 진행한다. 축제가 열릴 때면 모두 이곳
으로 모여 축제를 즐기며 고단한 몸과 마음을 푼다.

이어지고 있었다. 사막에서 볼 수 있었던 낮은 키의 식물들이 줄지어 있었고 마른 모래들은 내 발걸음에 휘날려 코를 간지럽혔다. 문득 걸음을 멈추고 사방을 둘러보았다. 어떠한 생명체의 소리도 들리지 않는 곳이었다. 언제부턴가 낮은 나무들은 보이지 않았고 울창한 나무들이 나를 에워싸고 있었다.

그런 상상을 하곤 했다. 지구에 모든 생명들이 사라지고 시간이 멈춰, 나 혼자만 살고 있는 행성이 이곳이라면 어떨까라는 상상. 이곳은 캘리포니아의 이름조차 모르는 어느 길이지만 어떠한 소음도 들리지 않는 나만의 행성이라면 참으로 행복할 것만 같았다. 어떠한 종교도, 어떠한 차별도, 어떠한 나라도, 자본주의도 존재하지 않는 그런 세상의 주인은 오직 나 하나. 마치 좀비 영화의 한 장면처럼 큰 상점에 들어가 모든 음식들을 가방에 넣고 탈출하는 듯한 스릴 있고 자유로운 생활도 가능하겠지.

길 위에 선지 81일째. 그러니까 산 속에서 산지 두 달하고 보름이 되었다. 어디서 자야 할지 고민할 필요 없이 텐트와 침낭만으로 모든 땅이 집이 되었고, 제일 맛있는 저녁은 두 달 넘게 맨날 먹는 중국 라면이다. 모든 것들이 완전한 자유를 얻은

듯했지만 이런 자유가 성날로 네 행복을 채워 줄 수 있을까 하는 의문이 들었다. 바짝 마른 옷가지를 입는 것, 저녁엔 마루에 앉아 가족들과 함께 밥을 먹는 것, 시답지 않은 이야기로 채운 친구들과의 술자리, 깨끗한 물을 마시는 것, 손으로 음식을 마구 집어먹지 않는 것, 의자에 앉는 것, 그리고 사랑하는 사람들의 따뜻한 온기. 누군가와 함께 나누던 것들이 너무나 그립다. 흔히 가장 보통의 것에서 멀어지는 순간들을 자유하다고 말하는데 사실 이건 자유로움이 아니라 온전한 외로움일 것이다.

자유. 결국 나 혼자 이루는 것들은 온전한 행복을 줄 수 없는 걸까? 그렇게 갈구한 자유 속에서 여전히 공허한 이유는 나눌 수 없는 행복이기 때문이겠지.

너의 가장
행복한 순간은 언제야?

이상한 일이다. 며칠째 그 누
구도 만나지 못했다. 많은 하이커들이 중도에 포기를 한 건지
혹은 길이 엇갈려서 만나지 못하는 건지 도통 알 수 없었다. 사
람을 만나지 못하다 보니 길은 서늘할 정도로 조용했다. 그저
내가 집중할 수 있는 소리는 미세하게 흐르는 물소리였다.

오르막길을 한참 오른 후 땀을 식히며 천천히 내리막길을
걷고 있었다. 가까이에서 거센 물이 흐르고 있는지 힘찬 물소리
에 내 발자국 소리도 들리지 않았다. 빨리 시원한 물을 마시고
싶어서 비탈길을 내려가는데 저 멀리서 어떤 형체가 내 앞으로

다가오는 듯 했다. 순간 극도의 긴장감이 맴돌았고 혹여나 야생동물이 아닐까 봐 걸음을 멈추고 자리에서 움직이지 않았다. 형체가 점점 모습을 드러내기 시작했다. 다행히도 야생동물이 아닌 사람이었다.

"안녕! PCT 하이커니?"

"응! 너희도니? 모습을 보니 하이커라기에는 너무 깔끔하다!"

"하하. 그치? 우리는 작년에 이 길을 걸었던 하이커야. 사실 저기 밑에 있는 계곡물에서 우리 둘이 즐겁게 놀았던 기억이 떠올라서 다시 와봤어. 이맘때쯤이면 하이커들이 걷는 걸 알고 신선한 음식도 가져왔어! 배고프지? 여기 앉아!"

좁은 흙길에 나란히 앉았다. 작은 가방에서 나쵸칩과 신선한 자두 그리고 탄산음료와 과카몰리, 샌드위치가 들어있었다. 그들은 나에게 콜라를 건넸고 나는 '역시! 너희는 뭐가 필요한지 아는구나?'라고 감탄하며 음료수를 들이켰다. 자두를 한입에 넣고 그다음에는 과카몰리에 나쵸칩을 정신없이 찍어 먹었다. 말로만 듣던 길 위에서의 트레일 매직*이었다.

내가 먹는 동안 그들은 웃으며 그간의 하이킹에 대해 물어 봤다. 길이 힘들지는 않았는지, 가장 힘든 순간들이 언제인지, 혹시 작년에 걸었던 한국인 하이커들을 아냐고 묻는 등 나에게 관심을 가졌고 내 대답이 그들에게 전해질 때마다 반짝이는 눈 으로 그때를 회상하는 듯 했다.

"우리는 이 길을 걷고 결혼을 결심했어. 매일 함께 고생을 했 고 서로가 평생 함께할 수 있겠다는 확신을 갖게 된 거지. 하하."

"정말 좋은 일이다. 나도 가끔 이 길을 누군가와 걷는다면 어떨까 상상하곤 해. 무척 외롭거든."

"혹시 이 길에서 인상 깊은 순간이 언제야?"

나는 나쵸칩을 손에 든 채 잠시 고민했다. 인상 깊은 순간들?

"아니, 손에 꼽을 수 없어. 지치고 힘들었고 많이 울었지만 매일이 달랐어. 시각적으로만 같다고 느껴졌을 뿐 그 풍경에서

트레일 매직trail magic 길을 걷다가 마법처럼 모르는 사람이 두고 간 물 또는 음 식을 보급 받는 일이다.

162

온 내 감정들은 각기 달랐지. 매일이 인상 깊어."

그들은 내 대답을 듣고 아주 흐뭇하게 나를 바라보았다. 마치 예전의 자신들을 보는듯한 모습으로 말이다.

길 위에 선지 3개월이 다 되어 간다. 2,000km를 걸었고 이 큰 땅덩어리 덕인지 아직 캘리포니아도 벗어나지 못했다. 하지만 어느 순간부터 매일이 너무 새롭다. 어떤 이들은 200km만 걷고도 비슷한 풍경에 이내 지친다고 한다. 지루하다며. 그런데 그마저도 나는 매일이 새롭다. 같은 나무와 산일지라도 저마다 다르게 존재한다. 우리가 사는 세계처럼 말이다.

우리가 사는 세계처럼 다양성은 이 길 위에도 존재했다. 같은 잡초도 저마다 다른 높이로 서 있고 나무도 나뭇잎도 꽃들도, 심지어 내가 미워하는 모기들도 자세히 들여다보면 다른 줄무늬를 갖고 있다. 길은 말할 필요도 없다. 고운 흙, 거친 흙, 돌이 많은 흙… 너무나도 다양하다. 날씨에 따라 바람이 살갗에 스치는 세기도 다르다. 세상에 존재하는 각기 다른 색과 사랑과 생각들처럼 자연도 그랬다. 그리고 자연으로부터 느끼는 나의 생각들은 수없이 많은 지평선을 넘나들었다.

그들은 나와 이야기를 나눈 후 다시 자신들의 차가 있는 곳
으로 가야 한다며 샌드위치와 바나나를 손에 쥐어주었다. 그리
고 서로를 껴안으며 인사했다.

"See you on the trail, again."

곰을 만나다

'곰을 만나면 절대 뒤를 돌아
선 안 돼.'

하이시에라를 걸을 때 은근히 곰을 만나보고 싶었다. 불과
몇주 전 일이지만 재홍과 우찬이 요세미티Yosemite 부근에서 캠
핑을 하다 곰에게 습격을 당해 모든 식량을 뺏겼다는 이야기를
들었다. 이들 뿐만이 아니었다. 몇 년 전, 이곳에 왔었던 한수도
곰의 습격을 받았고 그가 들려준 이야기는 내게 무용담 같이 느
껴졌다. 다행인지 몰라도 나는 하이시에라를 건너면서 단 한 번
도 곰을 만난 적이 없었다. 그래서 그 구간이 끝날 무렵 쓸쓸하

게 그곳과 아쉬움 서린 목소리로 인사를 해야 했다. 하지만 예상치 못한 일들이 빗발치는 길에서 오늘, 그러니까 곰의 위험이 없을 거라던 하이커들의 이야기는 어디로 가고, 나는 곰과 맞닥뜨리게 되었다.

　굵직한 나무들이 촘촘히 산을 둘러싸고 있었다. 하이커들은 어디에도 없었다. 혹여나 외로움을 달랠 수 있을까 지극히 아껴온 배터리를 신경 쓰지 않고 음악을 재생했다. 김광석부터 오아시스까지 외로움을 이겨내게 해주는 노래들이 내 귓속을 후벼팠다. 천천히 땅을 보며 걷는데 갑자기 온몸에 스산한 기운이 감돌았다. 주위를 둘러보니 한낮인데도 불구하고 나무로 둘러싸인 길이 공포 영화의 한 장면을 연상케 했다. 어서 이곳을 빠져나가자. 경쾌한 음악을 틀고 바쁜 걸음으로 걷고 있는데 저 멀리 검은 물체가 보였다. 눈이 안 좋은 터라 처음에는 큰 나무가 잘려나간 흔적이 아닐까 생각했다. 한 걸음 앞으로 나아가자 나무가 움직이기 시작했다.

　'이 정도 바람에 나무가 움직일 리 없잖아.'

앞으로 조심스럽게 걸음을 내딛었다. 큰 생명체였다. 곰일 거라고 상상조차 하지 못한 나는 '혹시 하이커가 큰 개와 함께 하이킹을 하나?' 생각할 무렵 건너편에서 오던 큰 검은 물체가 거친 숨소리를 내며 형체를 드러내기 시작했다. 곰이었다. 순간 몸이 경직됐다. 어떠한 생각도 들지 않았다. 영화에서 곰을 보면 죽은 시늉을 하던 주인공들의 모습이 생각이 났지만 문득 한수의 충고가 생각났다.

'죽은 척을 하면 그대로 죽는 거야. 곰을 만났을 때 몸을 크게 벌리고 이상한 소리를 내. 최대한 크게 말야.'

곰은 나를 인지하지 못하고 앞으로 다가오기 시작했다. 심장이 요동치는 소리가 내 귓속, 아니 이 산을 통째로 울려 삼킬 것 같았다. 몸을 최대한 크게 벌리고 소리를 질렀다. 곰은 걸음을 멈추더니 아주 큰 숨소리를 내며 내 모습을 뚫어져라 쳐다봤다. 떨리는 목소리로 저리 가라고 소리쳐 보았지만 나를 멀뚱히 쳐다볼 뿐이었다. 큰일 났구나 싶은 그때 한수의 뒷말이 떠올랐다. '그래도 안 되면 이게 먹힐지 모르겠는데… 작년 하이커 쿨케이 형 말로는 친구가 곰을 만났을 때 소리를 질러도 도망가지 않더래. 근데 그때 벨소리가 울린 거야. 저스틴 비버 노래였나. 곰이 그 노래를 듣고 화들짝 놀란 거야. 야생동물은 자기들이 한 번도 보지 못한 혹은 듣지 못한 것에 두려움을 갖나 봐.'

　순간 정지시켰던 음악이 생각났다. 서둘러 주머니에서 핸드폰을 꺼냈고 재생 버튼을 눌렀다. 경쾌한 노래가 고요한 산에 울려 퍼지기 시작했다. '우리는 꿈을 꾸는 소녀들~ 너와 나 꿈을 나눌 이 순간~ 픽미 픽미 픽미업!' 침 삼키는 소리만 들리던 그때 핸드폰에서 울려 퍼진 노래는 〈Pick Me〉였다. 그녀들의 경쾌하고 귀여운 목소리가 퍼지자 나는 그 박자에 맞춰 가방에 매달아 둔 냄비를 스틱으로 쳐가며 소리를 냈다. 곰은 그런 내 모습을 한스럽게 바라보다 저 멀리 언덕으로 달아나 버렸다.

엄마 생각이 났어

뜨거운 태양이 머리 위로 내리쬐고 빈속은 쓰려왔어. 머릿속엔 시원한 콜라 한 잔과 평소에 잘 먹지도 않던 피자를 상상하며 걷는데 머리가 띵하고 아픈 거야. 아마 오랫동안 태양을 쫴서 그런 것 같더라고. 30분도 채 걷지 못하고 나무 밑에 누워 버렸어. 울퉁불퉁한 나뭇가지들이 내 등을 찌르는데 그마저도 신경 쓰이지 않았어. 배가 너무 고파서.

땀이 얼굴을 타고 흘러내리는데 그때 마침 바람이 부는 거야. 스르륵- 하고 온 세상을 흔드는 바람이. 바람 소리가 나를 진정시킬 무렵 흔들리는 나뭇가지 사이로 들어오는 햇살에 살짝 눈을 떴더니 눈앞엔 잘게 부서지는 햇빛이 나뭇잎과 함께 떨기 시작했어. 파르르- 스르르- 스르르르….

　나뭇잎이 톡 하고 떨어지는데 설거지를 하던 엄마 모습이 떠올랐어. 달그락달그락. 그러고 보니 그 소리가 지금 이 바람 소리와 참 비슷한 것 같아. 학교 가는 날 아침이면 분주하게 밥을 짓던 엄마 생각이 났어. 5분이라도 더 누워 있고 싶어서 안 먹겠다는 나를 일으켜 세웠던 엄마가, 엄마가 차려 놓은 밥상이 생각났어. 따뜻한 국에 반찬과 내가 좋아하는 계란 볶음밥. 아침엔 밥을 먹어야 한다는 엄마의 말에 시리얼이나 빵을 먹어 본 적 없던 아침밥, 그날의 아침밥이 무척이나 그리워. 혹여나 밖에서 부실하게 먹을까 봐 학교가 끝날 쯤이면 엄마에게 전화가 오곤 했지. 집에 가서 밥 먹으라고. 어린 나는 친구들이랑 떡볶이가 먹고 싶어 괜히 투정을 부렸어. 가게에 나가기 전 분주히 움직였을 엄마의 정성도 모른 채 말야. 온기가 가득한 우리 집. 천장이 낮은 탓인지 시린 손을 호호 불며 들어온 집에는 빨래 냄새가 가득 메우고 있었지. 부엌에 가 밥통을 열어 모락모락 연기가 나는 따뜻한 밥을 푸고 대충 반찬을 꺼내. 오늘도 엄마

가 새로 만든 국을 한 숟가락 퍼서 밥을 먹지. 그날 오후가 너무 그리워.

　모진 나는 그날의 기쁨을 이제야 깨우쳐 버렸어. 철이 없던 나는 엄마의 밥이 얼마나 소중한지 이제서야 알아버린 거야. 바로 이 길 위에서. 소중한 것들은 왜 항상 이렇게 뒤늦게 알게 되는 걸까. 아름다운 추억거리로 변하고 나서 깨닫는 내가 너무 미워. 여행으로 채울 수 없는 일상이라는 보통의 존재, 아니 보통을 넘어선 가장 특별한 존재를 나는 이 길에서 알아 버렸어. 우습지만 배가 너무 고파서 눈을 잠시 감았던 오후 3시 30분, 흔들리는 나무에 엄마의 설거지 소리가 생각이 났어. 달그락달그락- 스르르스르르-.

하프마일, 2,150km

아침 일찍 눈이 떠졌다. 알람 소리가 울리기도 전에 말이다. 긴장감이 도는 텐트 안을 환기하고 싶었다. 텐트 창을 열었더니 소리 없이 찾아 온 안개가 자욱이 깔려 있었다. 고요한 가운데 눈을 감았다 뜨자 비로소 오늘이 시작된 것을 느낄 수 있었다.

이제 이 고개를 넘으면 2,150km가 새겨진 비석을 볼 수 있겠지. 우연인지 몰라도 길 위에 선지 딱 3개월 만에 하프마일에 도착하게 됐다. 그리고 어제 우연처럼 민아를 다시 만났고 함께 하프마일이 있는 비석에 도착하기로 했다.

"수현아, 일찍 일어났네. 근데 사슴이 어제 저녁 다녀갔나 봐. 우리 식량이 모두 뜯겨져 있어."

먼저 채비를 하고 있던 민아가 허탈한 목소리로 상황을 알렸다. 포악한 곰도 아닌 사슴이라니. 어제 저녁 사슴들이 뛰는 소리에 늦게 잠에 들었는데 끝까지 나를 시험에 들게 했다. 식량은 반으로 줄었고 딱히 할 수 있는 일은 없었다. 그저 오늘은 하프마일, 2,150km에 도달하는 게 내 목표였다.

그곳에 도달하기까지 2시간 남짓한 시간동안 여러 가지 생각을 했다. 어떤 기분일까. 인생에서 한 번도 걸어보지 못한 그 굵직한 숫자를 보며 어떤 기분이 들지 짐작해 보았다. 비석은 그 앞을 지나는 많은 이들의 땀과 눈물과 노력들을 보며 어떤 위로를 해줬을까?

마침내 비석에 찍힌 「미드 포인트mid point」를 보게 되니 형용할 수 없는 눈물이 쏟아져 나왔다. 지난 시간들의 방랑들, 외로움, 그리고 그것들을 초월한 내 자신이 대견해서 나를 위해 울었다. 아마 처음이었을 것이다. 누군가를 위해서가 아니라 오직 나만을 위해 몸을 웅크리고 땟국물을 닦아내며 운 것은 말이

다. 종종 울고 싶어도 눈물이 나오지 않을 때가 많았다. 내 자신
이 슬프고, 애처로워서 울고 싶을 때가 있었지만 울지 않았다.
대신 백화점 시식 코너의 생선을 보며 울었다. 읽기 시작한 책
을 보며 울고, 버스 밖으로 지나가는 불빛들을 보며 울었다. 계
절 속에서 숨 쉬지 않는 것들을 골라 울기 시작했다. 허기진 배
를 잠시 달래기 위해 먹었던 편의점 도시락처럼 그 상황만 모면
한다면 괜찮을 수 있을 거라 생각했다. 어른이니까 조금 더 참

으라는 말이 나를 울지 못하게 만들었다. '육시랄 거. 이렇게 될 줄 알았으면 나는 어른이 되지 말았어야 해.'라며 온갖 저주를 퍼부으며 그때, 그날 괜찮다고 나를 다독이는 방법을 터득하기보다 화장이 다 지워질 때까지 우는 법을 배웠어야 했다고 생각했다.

오늘은 살아 있는 나를 위해 목 놓아 울었다. 근엄하게 세워진 비석도, 그 누구도 눈치 보지 않고 울다 지쳐 문득 고개를 들었다. 구름 끼지 않은 맑은 하늘에 이상하게 따뜻한 눈의 결정체가 뺨 위에 떨어졌다. 아주 포근하게 나를 뒤덮었다. 서서히. 아주 천천히.

조쉬

친구 보혜의 말에 의하면 등산은 러닝머신에 7배의 에너지가 드는 운동이다. 그러니까 하루에 10시간 이상씩 걷는 나는 매일 못해도 러닝머신에서 70시간을 뛰는 것과 같은 셈이다. 그렇게 하루를 마무리하고 나면 녹초가 되어 쓰러지기 마련이지만 생존을 위해 텐트를 치고 저녁밥을 해 먹는다. 오늘도 같은 메뉴겠지만 혹시나 내가 잊고 있던 식량이 나오지 않을까 하는 마음에 가방을 뒤적였다. 문득 가방 밑에서 커다란 비닐이 잡힌다. 살짝 만져 보니 부스러기 같은 것이 느껴지기도 했다. 조심스럽게 꺼내 보니 잊고 있었던 신라면이 형태를 알 수 없을 정도로 구겨져 있었고 메모 하나가 떨어졌다.

「이수현, YOU CAN DO IT」

PCT를 시작하기 전 샌디에고에서 신세를 졌던 조쉬의 글씨체였다. 그가 몇주 전 내가 도착하는 도시 근처 우체국으로 양말이며 각종 약들과 선크림, 한식을 보냈었다. 도시에 내려가 인터넷이 될 때면 그는 항상 나에 대한 걱정과 케이팝 소식들을 전해주었다. 나는 네가 자랑스럽다고. 그래도 혹시나 힘들면 언제든지 샌디에고로 돌아오라는 말과 함께.

나는 그가 나에게 왜 이렇게 잘해주는지 의문이다. 그가 나를 동정하거나 가엾게 본 것은 아니다. 우리는 친구의 소개로 만났고 우리가 나눴던 건 시답지 않은 농담과 집 앞 멕시칸 음식점에서 맛있게 나누어 먹던 캘리포니아 부리또뿐이었으니까. 어쩌면 내가 이곳까지 아무런 탈 없이 건강히 올 수 있었던 것은 그의 무한한 응원과 도움 덕분이 아니었을까 싶었다. 커다란 미 대륙에 의지할 사람이 아주 멀리 떨어져 있지 않다는 안도감이 마음 한켠에 있었으니 말이다.

문득 그의 장난스런 표정이 떠올랐다. 조용하고 어둡던 숲 속에서 그와 나누었던 부리또를 생각하며 라면을 끓였다. 그가 끓여준 것처럼. 물은 조금 넉넉히, 면은 조금 덜 익혀서 천천히 불게 한 후, 뚜껑 위에 라면을 놓고 호호 불어가며 먹어야 한다 는 그의 모습을 떠올리며 라면을 입으로 가져갔다. 그의 든든한 한마디가 혀를 자극하기 시작했다.

조쉬, 조쉬가 보고 싶다.

하이커의 날, PCT DAYS

며칠을 이날만 손꼽아 기다
렸다. 바로 PCT 하이커의 파라다이스 PCT days. 오레건과 워
싱턴이 끝나는 구간에서 PCT days는 3일간 이루어진다. 콜롬
비아 강을 따라 만들어진 작은 마을 캐스케드락Cascade Locks에
서 PCT를 후원하는 기업들과 하이커들을 위한 음식들이 마련
되어있다. 그곳에 걸어서 가는 게 가장 의미 있겠지만 아쉽게도
그 시간에 내 걸음을 맞추지 못했다. 트레일을 벗어나 마운틴
샤스타 마을 근처에서 지인의 차를 타고 갈 수 있었다. 물론 축
제가 끝나면 다시 이곳으로 돌아올 것을 약속하며.

한수와 민아가 2주 만에 재회했다. 그들은 눈시울을 붉히다가 서로를 껴안았다. 내 눈에 비친 그들은 서로의 권태로움을 어느 정도 견뎌낸 듯한 느낌이었다. 말은 하지 않았지만 캐스캐드락으로 이동하는 동안 어두운 차안에서 반짝이는 두 사람의 눈망울만 봐도 알 것 같았다.

차가운 물살이 텐트를 덮치며 날이 밝았다. 어제 새벽녘쯤 캐스캐드락에 도착해 친구들을 찾을 겨를 없이 텐트를 치고 잠에 들어야 했다.

"수현아! 스프링클러가 돌아가고 있어! 어서 텐트 옮기자."

밖에서는 하이커들이 꺄르르 웃어대며 스프링클러에서 나오는 물줄기를 만끽하고 있었다. 물 사이로 무지개가 작게 피어있었고 성급히 텐트를 나와 주위를 둘러보니 나와 같은 몰골을 한 하이커들 수십 명이 황급히 자리를 옮기고 있었다.

푸른 들판, 가지각색의 행색의 하이커들, PCT를 후원하는 기업의 부스들. 사람들은 분주히 물건을 옮기고 있었고 이미 몇몇 하이커들은 대낮부터 술판이 벌이고 있었다. 국적을 불문하고 모두가 축제에 취해 있었다. 빨간색, 노란색, 파란색 조명들이 부드러운 직선으로 하이커들의 몸짓을 비췄다. 어둠이 덮인 이 축제의 마지막 날, 한쪽에서는 앙상한 어깨와 날카로운 머리칼을 흔들며 춤사위를 벌이고 있다. 그들의 몸짓을 넋이 나간 채로 바라보고 있었다. 모두가 정신을 놓고 떨어진 옷을 주워 담는 듯한 정체모를 춤을 춘다. 80년대를 연상시키는 디스코 음악과 그 주위에 잔잔히 깔린 어둠의 움직임들을 보고 있으니 무릇 이방인이 된 기분이었다.

내일이면 모두 제자리로 돌아가겠지. 춤에 흠뻑 젖어 있는 게 아니라 다시 살갗을 후벼 파는 물집들과 사투를 벌이겠지. 몇 해 전까지 시간에 쫓겨 살던 내가 여유롭게 앉아 풀벌레 소리를 들을 줄이야 상상할 수 없었다. 그 당시 일탈이라곤 동네 언덕에 올라 막걸리를 마시고 좋아하는 음악을 들으며 고민들을 풀어 나가는 것뿐이었는데. 그때의 모습을 전지적 작가 시점에서 바라보듯 '그땐 그랬지.' 하며 관람하는 지금 이 순간이 저 멀리 친구들의 춤을 보듯 어색할 따름이었다.

한동안 지난 날들과 며칠간의 축제를 회상했다. 어쩐지 시

간 개념이 사라진 기분이었다. 그저 낮이 오니까 걷고, 밤이 오니까 자고. 일정한 힘을 가해 굴리는 날들이었다. 내가 익숙했던 관습들과는 멀어졌고, 온전히 내 두 눈에 집중한 채로 두 다리에 힘을 주고 산다는 것은 익숙하지 않은 중력이었다. 다리가 풀릴 때까지 술에 취하는 게 아니라 힘이 닳을 때까지 생각을 하고, 길을 걸으며 내게 속한 것들이 무엇인지에 대해 뚜렷이 직관하는 날들이었다. 몇 해 전 나와는 분명 달라져 있었다.

세상 사람들이 여행이 주는 큰 변화에 대해 이야기하지만 실제로 그건 환상이라고 생각했다. 매일이 크리스마스가 아닌 것처럼 여행을 하는 동안에도 버거운 상황들이 들이닥치기 마련이다. 하지만 흘러가 버린 시간들의 끄나풀이라도 잡으려 손에 힘을 꽉 쥐고 눈앞의 풍경을 바라보고 있자면 저들의 춤사위처럼 어느 순간 나도 모르게 자유로워진다. 이전에 느끼지 못한 해방감이라고 해야 할까. 그런 것들이 지금 나의 세계로 흘러들어오는 중이다.

갑자기 내 안의 무언가가 크게 요동치기 시작했다. 멀리서 보고 있던 그들의 춤에 각성된 듯 생각이 멈췄고 백색 소음이 달팽이관을 관통했다. 내일은 살갗을 후벼 파는 물집들과 사투를 버리라지. 몸뚱아리가 지쳐서 가야할 길을 가지 못 해보라지. 나는 길이 준 최대의 선물을 겸허하게 받아들일 준비가 돼 있으니까.

"수현아! 어디가?"
"춤. 춤을 추고 싶어."

자리를 박차고 일어났다. 모두들 일제히 나를 보고 꺄르르 웃기 시작했다. 멀리서 바라보던 그들이 어느새 내 어깨를 스칠 만큼 가까워졌다. 고개를 드니 곱게 물든 형형색색의 빛들이 이마를 비추고 있다. 순간 정신을 잃고 힘을 푼 채 나만의 축제를 기념하는 춤을 비틀기 시작한다.

이 신발이 마지막이길

트레일로 복귀 전 샤스타마
운틴 근처 도시 공원에서 거대한 의식이 이루어지고 있었다. 거
창할 건 없지만 세 번째 신발에 대한 제사라고 해두는 게 맞겠
지. 한수와 민아 그리고 나는 같은 시기에 출발했기 때문에 신
발을 갈아 신는 횟수가 비슷했다.

PCT 하이킹을 하며 대개 하이커들은 신발을 네 번에서 다
섯 번 정도 갈아 신는다. 물론 갈아 신지 않는 친구들도 많지만
오래 걷기에 최적화된 신발은 얇고 가벼운 신발이기 때문에 밑
창이 금방 닳기 마련이다. 내 땀을 머금은 오래된 신발이 쓰레

기통에 처박혀 나와의 추억을 회상하겠지? 혹여나 그런 신발들이 '내가 쓸모없다고 버린 거니? 어렸을 적 너의 곰 인형처럼?' 이라며 꿈에 나타나 집요하게 나의 길을 흐트러놓지 않을까 하는 마음에 신발을 바꾸는 날이면 우스꽝스럽지만 나름의 제사를 지낸다.

'신발님, 부디 제가 길을 안전히 끝낼 수 있도록 온건하게 버텨주세요. 그리고 버려진 두 번째 신발아. 너는 최선을 다했어. 그저 걸음이 좋지 못해 너를 이렇게 떠나 보내는구나. 네가 버려지고 태워져서 흙이 되어 혹시 사람으로 태어난다면 이 길을 누군가의 발에 의존하는 게 아닌, 너의 힘으로 한번 걸어봐. 그리고 그때의 신발을 나와는 다르게 아주 조심스럽게 다루어주렴.'

애국가를 부르고 국기에 대한 경례를 표한 후 새로운 신발에 발을 넣어 보았다. 푹신거리고 촉촉한 감촉이 새로운 결심이라도 한 듯 사뿐하다. 이제 남은 건 오레건과 워싱턴. 거의 끝에 다다랐다고 볼 수 있는 지점에서 신발의 운명이 나와 함께 끝나길 기도한다.

든든한 길잡이가 되어 줄 팁

1) 관련 어플리케이션

길은 어떻게 찾는지, 다음 마을이 어디인지, 물은 어디 있으며, 제로데이를 가졌을 때 어디가 맛집인지 등 정보를 알고 싶다면 앱을 추천한다. 앱에는 두 가지가 있다. 것훅Guthook과 하프마일Halfmile. 먼저, 내가 애용한 것훅은 유료 앱이지만 하이커들이 댓글을 달 수 있는 창이 있어 물에 관한 정보를 가장 정확하게 얻을 수 있고 굉장히 유용하게 설계되어 있다. 한편, 하프마일은 무료지만 구독성이 떨어진다는 단점이 있다. 하지만 두 가지 앱 모두 받아두는 것을 추천. 산속에 들어가면 두 개 중 하나가 접속되지 않을 때도 있기 때문이다.

것훅 　　　 하프마일

2) 워터 리포트 확인

하이킹에 있어서 물은 아주 중요한 이슈다. 탈수 증상이 나지 않게 물을 자주 마셔줘야 하며, 시에라 구간에서 물을 건너야 하는 일이 있기 때문에 위험에 대비하기 위해서는 물에 관한 워터 리포트를 꼭 체크해야 한다. PCT 홈페이지에서 볼 수 있으며 구간별로 업데이트 날짜와 시간이 명시되어 있다. 인터넷이 될 때 pdf파일 형태의 리포트를 다운받는 것이 좋다. 나는 것훅을 통해 하이커들이 실시간으로 단 댓글로도 많은 정보를 얻었다. 두 가지를 함께 이용하면 보다 유용하다.

3) PCT 관련 커뮤니티

다른 하이커와 교류를 하고 싶다면, 또는 도움이 필요하다면 PCT 커뮤니티를 이
용하는 것이 좋다. 페이스북에 PCT of class 20XX(자신이 갈 년도 기입)을 검색하면
매년 그 해의 PCT 커뮤니티가 형성되어 있다. 나도 이곳에서 많은 하이커들과 교류하
며 배울 수 있었다.

4.
나는 무엇을 위해
걷고 있을까

OREGON

2,707.2~3,436.8km

방랑자

오레건에서 처음 만난 도시는 애쉬랜드Ashland였다. 애쉬, 그니까 나의 영어실력으로 종합해 한국말로 의역하면 '연기의 도시'와 같은 것이었다. 이름과 도시의 분위기가 상응하는지 모르겠지만 어쩐지 이 도시에는 연기처럼 가볍게 떠다니는 부랑자들이 줄곧 보였다.

영화 〈와일드〉에서도 애쉬랜드를 잠시 비춘다. 나무로 지어진 상점과 히피 무리가 음악회를 벌인다던 그 장면의 배경인 도시가 바로 이곳이다. 영화의 기억을 되살려 느리게 동네를 살펴보았다. 빛은 적절하게 내리쬐고 바람은 기분이 좋을 만큼 불고 있었다. 거리에는 드림캐쳐며 이국적인 장신구들이 걸려 있는 가게들이 보였고, 공원에는 영화에서와 같은 히피 무리가 모여 기타를 치고 담배를 태우며 거리를 배회하고 있었다.

히치하이킹을 하고 산에서 내려와 도시에 다다를 쯤 한수와 민아 그리고 하이시에라에서 처음 만난 재익까지 모두 설렘을 감출 수 없었다. 며칠 동안 산에서 내려오지 못하기도 했고, 사실 이번 도시에서 오랜만에 맛있는 음식을 먹자는 의견이 있었기 때문이다. 더불어 궁핍한 우리가 이번만큼은 호스텔에 묵자는 과감한 결정을 내렸다. 차는 우리를 변두리에 내려주었다. 그다지 큰 도시가 아니었기에 도시의 전경을 살필 겸 우리는 천천히 미리 알아두었던 호스텔 방향으로 향하고 있었다. 다리를 건너 길을 가는 도중 배가 고파 쓰러질 지경이었다. 나뿐만이 아니었다. 평소 배가 고프거나 졸리면 얼굴이 부어있는 민아의 볼이 터질 것 같았다.

"저기, 멕시칸 음식점이 보이는데 우리 호스텔 가기 전에 저기서 먹고 갈래? 아직 체크인 할 시간도 아니고."

나의 제안을 모두 기다렸다는 듯이 일제히 고개를 끄덕인

다. 멕시칸 레스토랑이라면 양이 푸짐해서 허기진 배를 달래주기 쉬울 거고, 가격 또한 나쁘지 않을 걸 알기에 한 선택이었다. 호스텔로 가는 도중에 길을 건너 멕시칸 음식점이 보이는 곳으로 걸어갔다.

"어? 저기 아시아인이 거리에 앉아 있어."

누가 봐도 부랑자의 모습을 하고 있던 아시아인이 거리에 앉아 얼굴이 하얀 친구와 헝클어진 기타를 치고 있었다. 신발도 신지 않은 채 머리를 길게 늘이고 정체 모를 노래를 부른다. 나와 같은 피부와 눈동자를 가진 낯선 이에게 연대감이 들었다. 그건 나뿐만이 아니라 모두가 그랬다. 아주 자연스레 그쪽으로 발걸음을 옮기자 그는 씨익 웃고 몇 마디를 던지려고 했지만 옆에 있던 친구가 말을 낚아채기 시작했다.

"어느 나라에서 왔어? 이 친구는 일본인이야. 너희도 일본인? 애는 영어를 한 마디도 못해. 너희 영어 할 줄 아니?"

영어를 할 줄 아냐는 그 질문에 괜히 자존심이 상했다. 아시아인이면 모두 영어를 못하는 줄 아는 그의 편협한 생각에 뒤통수를 갈기고 싶은 마음이 굴뚝같아 혀를 더 굴렸다. 그러자 '너는 영어를 잘하네!' '어디 출신이야?'와 같은 오만한 이야기들이 오고갔다. 그러는 동안 영어를 못한다는 일본인 친구는 여전히 기타를 두드리며 음악에 심취해 있었다. 배가 고팠던 한수가 얼른 가자며 서두르기 시작했고 나는 대화를 황급히 마치고 일어서려 했다. 그때, 한 번도 입을 열지 않은 일본인 친구가 우리에게 입을 열었다.

"I'm hungry."

일본인 특유의 발음, 받침이 그대로 자음과 연결되는 듯한 일본인의 영어, 그가 나에게 던진 말은 배가 고프다는 말이었다. 옆에 있던 친구는 이때다 싶어 우리에게 혹시 돈이 좀 있냐, 며칠을 먹지 못했다는 말을 했다. 그런 두 사람을 보며 괜히 동정심이 생겼지만 우리의 꼴을 보자면 이 친구들이나 우리나 다를 건 없었다.

"Also I'm hungry"

무의식 중에 그들에게 고해성사 하듯 말했다. 그제서야 우리의 모습을 자세히 본 그들은 '그렇네, 너희도 배가 고프게 생겼다.'라는 말과 함께 의미심장한 표정을 짓고 더 이상 구걸하지 않았다. 그도 그럴 것이 일주일째 씻지 못해서 우리에겐 쾌쾌하고 시큼한 냄새가 진동하고 있었고 거의 떨어져 나가는 옷들을 몸에 휘두르고 있었으니까. 지금 가지고 있는 현금이라고는 내 배를 채우기에도 빠듯했다. 괜히 주머니에 들어 있던 담배 몇 개비를 만지작거렸다. 그리고 이내 아시아인이라는 연대감을 떠나 나와 같은 방랑자들에게 줄 거라곤 담배뿐이라는 사실이 부끄러워 서둘러 가는 한수와 민아를 재빠르게 쫓아가기 시작했다.

뒤를 돌자 그들은 허탕이라도 친듯한 표정을 지었다. 기타케이스를 접고 일어나 방향을 잃은 채 걷는 뒷모습이 보였다. 아임 헝그리. 아임 헝그리. 그 짧은 대화가 쉽사리 머릿속에서 지워지지 않는다. 그게 연기의 도시라던 애쉬랜드의 첫인상이었다. 방랑자와 부랑자의 사이, 우리는 어딜 향해 가고 있는 걸까.

씻어내면 돼

　　　　　　　　　　적당한 온도를 맞춰놓고 한 동안 샤워기를 들고 쪼그려 앉았다. 바깥과 샤워실의 온도가 차이가 나는지 사방에 뿌연 연기가 에워싸고 있었다. 따뜻한 온도가 며칠의 피곤함을 흘려보낸다. 발밑으로 까맣고 탁한 물이 하수구로 빨려 들어간다. 나무가 많던 숲에서 낀 흙먼지, 텐트를 치다 발을 헛디뎌 생긴 흙탕물 자국. 지나 온 길이 얼마나 고됐는지를 상기시키는듯 했다. 온몸을 빈틈없이 씻은 후 머리에 비누칠을 하자 머리카락이 한 움큼씩 빠진다. 혹시 이 나이에 탈모가 아닐까, 하는 의심이 생길 정도로 머리카락은 벽과 바닥을 뒤덮었다. 샤워를 다 끝낸 후 수건으로 몸을 말리기 전 다시 따뜻한 물을 틀어 샤워기를 안고 물을 흘려보낸다. 따뜻한 물의 온도가 체온을 높여 주었고, 비누 냄새는 머릿속이 상쾌해질 만큼 좋아 한동안 우두커니 그곳에 서 있을 수밖에 없었다.

샤워의 힘이 이렇게 대단하다는 건 이곳에 오기 전부터 안 사실이었다. 케냐였던가. 그 당시 에티오피아에서 크게 아프고 난 후 도망치듯 온 나라가 케냐였다. 사람들과 풍경을 보고 있으면 불안한 마음이 들었고 그 사이에서 고립감이라는 것이 느껴지기 시작할 무렵 케냐의 허름한 숙소에서 동진을 만났다. 연신 땀을 흘리는 오빠의 모습이 그간 이어온 여행을 나뿐만이 아니라 모두가 힘들어 했다는 사실을 증명하는 듯했다. 아니, 어쩌면 나보다 더 고생했다는 사실은 얼굴에 그을린 피부색이 말해주는 듯했다. 오빠는 나를 보며 자기 모습을 보는 것 같았는지 샤워의 중요성을 일깨워 주었다.

'기분이 안 좋으면 물을 데워서 샤워를 해. 중요한 건 뜨거운 물이야. 40도가 웃도는 아프리카에서 차가운 물이 아니라 따뜻한 물로 샤워를 하면 어느 순간 기분이 좋아져. 이곳은 따뜻한 물이 운이 좋아야 나오는 숙소지만 때를 잘 맞추면 샤워를

하면서 느끼는 기쁨으로 그간의 일들이 깨끗하게 용서가 돼.'

　　그날 거미줄이 낀 샤워실을 기웃거리며 따뜻한 물이 나올까 몇 차례 기다려 봤지만 척박한 상황에서 따뜻한 물로 샤워하기란 여간 쉬운 일이 아니었다. 결국 오빠가 말한 샤워의 기쁨은 차가운 물로는 느낄 수 없었지만 이따금씩 그날 오빠가 해준 말을 떠올리며 샤워를 하면 기분이 한결 나아지곤 했다. 그건 이후 계속된 여행에서도 그래왔고, PCT에 와서도 마찬가지였다.

　　길이 끝나고 여행이 끝나 제자리로 돌아가는 어느 날을 생각했다. 해거름이 찾아올 무렵, 도시의 매연과 소음이 쌓여 지친 몸을 이끌고 당연하게 따뜻한 물로 샤워하겠지. 그날 누가 나를 슬프게 하더라도 오늘 이 물방울들을 떠올리면 위로가 될 수 있을까? 물줄기가 힘없이 가슴을 타고 배 아래로 떨어진다. 그런 나에게 '괜찮아. 따뜻한 물로 씻어내면 괜찮아.'라며 위로하는 듯한 물줄기가 더욱 더 거세졌다.

I don't wanna sleep with you

애쉬랜드가 며칠 전 일이었더라. 크레이터레이크Crater Lake로 도착하기 얼마 전 도시가 가져다준 포만감이 기억 속 회로에 멈춰있었다. 큰 도시를 만나 시원하게 샤워를 한 후 누군가가 해주는 음식을 먹고 싶어 안달이 난 상태였다. 아주 조금만 더 걸으면 고대하던 크레이터레이크가 나온다는 걸 알고 속도를 올리기 시작했다.

크레이터레이크는 관광지다 보니 사람들이 눈에 띄게 많았다. 호수 근처에는 규모가 꽤나 큰 캠핑장이 있었고 PCT 하이커를 위한 사이트가 따로 마련되어 있었다. 오후 2시쯤 그곳에 도착하니 이미 몇몇 하이커들은 다시 트레일로 복귀할 준비를 하고 있었고 이제 막 도착한 하이커들도 있었다. 한수와 민아는 천천히 도착한다고 했으니 미리 지리를 파악해두고 그들을 안내하는 게 좋을듯 싶어 매점 주위를 두리번거렸다.

"PCT 하이커니?"

머리가 반쯤 벗겨지고 뼈에 위태롭게 살이 붙어있던 남자아이가 말을 걸어왔다. 옷차림새며 냄새며 한번에 PCT 하이커라는 걸 직감할 수 있었다.

"응. 너도?"

"응, 남쪽부터 걸어 온 거야? 난 이제 막 시작했어."

여행을 하다보면 이제 눈을 감고도 '아. 이 친구는 프랑스에서 왔구나.' '아, 일본인?' 하며 추측을 대강 맞출 수 있었다. 그는 프랑스인이었다. 나처럼 오직 PCT를 걷기 위해 몇만 킬로가 떨어진 큰 대륙에 홀로 왔다고 했다.

"캠핑사이트를 찾지? 내가 안내해 줄게."

"근데 친구들을 기다리고 있어. 아직 멀었는데… 좀 기다렸다 갈까봐."

"PCT 하이커를 위한 캠핑사이트는 그리 멀지 않아. 내가 알려줄게."

"아냐, 내가 찾을게. 고마워."

그의 도움은 고마웠지만 한수와 민아와 엇갈리지 않을까 내심 걱정이 돼서 매점 앞에서 그들을 기다리기로 했다. 10분이 지나고 20분이 지나고 무료하게 그들을 기다리다가 지친 나는 우선 텐트를 치고 다시 매점으로 돌아와 기다리는 게 현명하다고 생각했다. 짐을 챙겨 일어섰다. 캠핑장이 꽤 커서 그런지 캠핑카와 많은 사람들이 도로에 보였다. 분명 PCT 하이커 캠핑사이트는 저쪽이라고 했는데…

"어? 너 아까 걔 아니야? 뭐해? 캠핑사이트 찾지? 내가 안내해 준다니까."

조금 전, 매점 앞에서 나에게 말을 걸었던 하이커였다. 그는 내가 쥐고 있던 스틱을 뺏어 나를 따라오라며 손짓했다. 친절한 호의를 더 이상 거절할 수 없었고, 그의 뒤를 따라 몇 분간 걸으니 텐트를 치고 있는 하이커들을 발견할 수 있었다.

"이 공간이 PCT 하이커를 위한 공간이야. 저기 나무 뒤에 텐트를 쳐. 나도 근처에 치려던 참이거든."

그는 땅이 평평하고 나무 그늘이 잘 지는 공간을 알려 주었다. 그에게 감사를 표하고 가방에 있던 텐트를 펼쳐 텐트를 치기 시작했다. 텐트 폴을 펼치고, 이너텐트를 고정시키고, 마지막으로 덮개만 덮으면 되는데 돌아간 줄 알았던 프랑스인 친구가 나에게 다시 말을 걸기 시작했다.

"2인용 텐트네?"

"응. 무게가 가벼워. 제로그램이라는 브랜드인데 아주 만족스럽지. 난 좁게 자는 걸 좋아하지 않거든. 그래서 2인용 텐트를 쓰고 있어. 하지만 무게는 1인용 텐트만큼 가벼워."

"그래 보여. 색깔도 예쁘네. 들어가 봐도 돼?"

"물론이지."

그는 자연스럽게 문을 열고 들어가 내부를 살폈다. 그리고 조심스럽게 문을 닫고 텐트를 바라보던 시선을 옮겨 나를 똑바로 응시했다.

"나랑 잘래?"

순간 당황스러운 질문에 '뭐라고?'라며 얼굴을 찡그렸다. 내가 왜 처음 보는 너와 자야 하는지 이유를 묻고 싶었다. 아니. 그보다 지금까지 그의 호의가 결코 순진하지 않았다는 생각이 들기 시작했다.

"내 텐트는 너무 좁아. 어차피 2인용 텐트잖아. 같이 쓰자."

"말했잖아. 난 혼자 넓은 공간을 쓰고 싶어."

"같이 자면 따뜻할걸?"

"내 침낭은 충분히 따뜻해. 난 너랑 자고 싶지 않아."

그는 몇분 간을 내 앞에서 같이 자면 안 되겠냐고 끈질기게 물었다. 주변을 둘러보니 울창한 나무에 그와 나만 덩그러니 서 있었다. 화가 나서 손이 떨리고 눈물이 왈칵 쏟아질 것만 같았다. 멍청한 그의 얼굴을 냅다 갈겨주고 싶었지만 나의 위협이 위험한 상황으로 돌아오지 않을까 걱정이 돼서 쉽게 그에게 소리칠 수 없었다. 그저 한수와 민아가 보고 싶었다. 그들이 섬광처럼 나타나 무슨 일이냐며 나를 다독여 주길.

"내가 쉬워 보여? 난 너랑 자지 않는다고 몇 번을 말해야 해? 꺼지라고. 조금 있으면 친구들이 올 거야. 난 더 이상 너랑 말 섞고 싶지 않은데 이제 좀 가줄래?"

어느새 이마 주름을 구긴 채 그를 대하고 있었다. 그는 능청스러운 목소리로 '따뜻할 텐데'라는 말을 되풀이하며 자리를 피했다. 여행을 하며 스스로를 보호하는 방법은 친절한 손사래가 아니라 단호한 거절임을 깨달은 후부터 줄곧 강하게 이야기했다. 한 번은 인도에서 그런 전투적인 내 모습을 보고 당시 남자친구와 피터지게 싸운 적이 있었다. 매사에 예민한 나를 그는 이해하지 못했고 이렇게라도 하지 않으면 힘으로 이길 수 없는 수많은 사람들에게 피해 볼 내 자신에 대해 매일같이 설득시켰다. 마주한 상황에 그때를 떠올리니 온몸에 힘이 풀렸다. 한수와 민아가 오기만을 기다리며 텐트 안에 들어가 문을 잠그고 누웠다. 입속에서는 연신 '멍청한 새끼들'이라는 말이 나왔지만 혹여나 그가 문을 열고 들어오지 않을까 하는 두려움에 쉽사리 밖으로 나갈 수 없었다.

믿음과 의심

바다가 산에 빠진다면 아마 이런 모습이겠지. 푸르른 곡선을 따라 움푹 파인 곳에는 하늘을 닮은 파란 물이 담겨 있었다. 각국의 사람들이 모여 크레이터레이크를 배경으로 사진을 찍고 있었다. 우리는 인파를 뚫고 점점 관광지에서 멀어졌다. 오늘도 우리는 앞으로 나아가야 하기에. 지난밤 날 농락하던 프랑스인은 어느 순간 보이지 않았다. 한수와 민아가 오고, 내가 그들에게 달려가 겪은 것들을 이야기하는 모습을 멀리서 보던 그의 모습이 마지막이었다. 마음 한편이 찜찜했지만 한수와 민아가 있다는 안도감으로 금방 그 일을 잊을 수 있었다.

"오늘은 다이아몬드레이크Diamond Lake에 가자. 여기 캠핑장 좋았지만 며칠째 인터넷을 못했잖아. 내심 기대했는데. 다이아몬드레이크에 가면 인터넷을 할 수 있대."

우리는 크레이터레이크의 풍경을 따라 걷고 있었다. 하지만 왠지 우리의 몸이 무거워졌다는 걸 알 수 있었다. 오후가 오기 전에 속도를 내야 더위를 먹지 않는데 좀처럼 발걸음이 떨어지지 않았다. 결국 크레이터레이크부터 다이아몬드레이크까지 15분간을 히치하이킹 해 그곳에서 인터넷을 한 후 트레일로 복귀하자는 의견이 모였다. 관광지다 보니 차는 쉽게 잡혔다. 다이아몬드레이크는 크레이터레이크보다 한적한 분위기가 맴돌았다. 가족들이 모여 수영을 하거나 피크닉을 즐기며 한가로운 오후가 흘러가고 있었다. 우리는 가방을 가지런히 내려놓고 피크닉 의자에 앉아 해가 저무는 것도 모르고 인터넷을 하기 바빴다.

"이제 그만 갈까?"

늘 그렇듯 한수가 앞장섰다. 우리는 다시 가방을 메고 그의 뒤를 따라 레이크에서 몇십 분을 걸었다. 지도를 이리저리 살피며 앞서가던 한수가 초조한 눈빛으로 뒤를 돌아봤다. 무슨 일이

냐고 물으니 이곳에 트레일로 가는 길이 있어야 하는데 도통 찾
을 수 없다는 말뿐이었다. 다시 큰 도로로 나와 차를 잡으려고
애를 써보는데 이미 하늘이 태양을 머금은 색으로 변해가고 있
었다. 한수는 가방을 내려놓고 몇십분을 더 헤매다가 결국 우리
가 기다리는 자리로 돌아왔다.

"여기 지도 보이지. 저기 보이는 산도 보이니? 저 길을 따라
가면 PCT 길로 복귀할 수 있을 거야. 길을 조금 따라가 보니 말
똥도 보이고 우리 셋이 힘을 합치면 안전하게 복귀할 거야."

문득 사막에서 물을 구하지 못해 쩔쩔매던 우리 셋의 모습
이 기억났다. 그때도 한수는 빠르게 해결책을 내놓았고 덕분에
살아서 그 길을 빠져 나왔던 기억이 떠올랐지만 이렇게 어두운
밤이 오는 시간에 그의 말만 듣고 가다 혹여나 길을 잃지 않을
까 하는 두려운 마음도 들었다. 하지만 방도가 없었다. 그는 나
보다 경험이 족히 10배는 많았고 그의 말대로 우리 셋이 힘을
합한다면 없던 길도 나올 것 같은 무한한 신뢰가 있었다.

길은 생각보다 좋지 않았다. 화재가 있었던 건지 쓰러진 나
무들이 여기저기 널브러져 있었다. 이제 정말로 저녁이 오고 있

었고 헤드 랜턴만을 의존해 가기에는 이미 시간이 늦었다는 것을 알았다. 결국, 캠핑을 하기로 결심했다. 그날 밤 잠을 뒤척였다. 물론 아침이 되어서야 안 사실이지만 길은 한수 말대로 비교적 쉽게 찾을 수 있었다. 하지만 그날 밤 나는 혹시라도 길을 잃어 「20대 여성 2명과 남성 1명, 미국 장거리 하이킹 도중 쓰러진 나무에 깔려 사망」이라고 쓰일 신문 기사가 아른거렸다.

언제나와 같이 '처음'이라던가 '낯선'이라는 단어가 여전히 두려운 게 사실이었다. 두 다리로 세상의 모든 길을 섭어 삼킬 뜨거운 열정은 있었지만 마음 깊은 곳에서는 여전히 의심과 두려움이 잔잔히 일렁이고 있었다. 하지만 이 두려움의 순간이 지나면 언제 그랬냐는 듯 나는 새로움을 찾아 나서겠지. 아무 일 없던 것처럼. 다시 또 발걸음을 옮긴다. 아직 마주하지 못한 또 다른 나를 향해.

3,000km의 걸음

　　　　　　　　　　투둑투둑. 작은 물방울들이
이마에 떨어진다. 울창한 숲 사이로 평평한 길이 지평선처럼 뻗
어 있다. 오레건에 들어오고 나서 하루에 적어도 30km, 많으면
50km를 걷고는 한다. 나의 체력이 이전과 달라진 것도 있겠지
만 오레건은 하이웨이라고 불릴 정도로 평평한 길이 펼쳐져 있
다. 때문에 이곳에서 많은 하이커들은 오레건 챌린지라는 것을
한다. 하루에 자신이 걸을 수 있는 최대치를 걷는 것이다. 새벽
부터 밤까지 말이다. 해내는 이도 있고 중도에 포기하는 이도
있지만 아무렴 어떨까. 도전하는 것에 의미를 두는 나는 그들의
선택을 존중했다.

오레건이 평평한 길이라고 해서 얕볼 수 없었다. 이유는 바로 날씨 때문이었다. 오레건에는 비가 자주 와 파란 하늘을 마주하는 날보다 어둡고 침침한 하늘을 마주하는 날들이 많다. 하늘을 보고 있으면 어디선가 〈글루미 선데이Gloomy Sunday〉가 들려오는 것 같았다. 하지만 모순적이게도 PCT를 결정적으로 선택했던 이유는 바로 오레건의 날씨 때문이었다. 나는 싱그럽고 매끈한 여름을 싫어한다. 다녀온 나라들을 살펴보면 죄다 여름 나라뿐이지만 실제로 나는 겨울을 좋아한다. 춥고, 울적하고, 비가 오는. 그런 계절을 좋아한다. 시린 바다를 좋아한다. 끝없이 펼쳐진 항구로부터 불어 온 바람은 옆 사람의 손을 따뜻하게 잡을 수 있는 용기를 주었다. 온 세상이 젖어 가라앉는 공기의 저항을 좋아한다. 차분한 발걸음이 대지에서 떼어지는 순간 물속을 유영하는 듯한 안도감이 들기 때문이다. 달이 으스러질 것 같은 서울의 종로 골목에서 입김을 불어가며 친구를 기다리는 것을 좋아했다. 차가워 빨개진 볼을 어루만지며 연기가 자욱한 골목 어귀에서 마시는 소주 한잔의 낭만이 기억되기 때문이랄까.

PCT의 존재를 알게 되고, 구글에 검색하던 그날 본 한 장의 사진이 굳건한 결심을 만들었다. 포장지대가 벗겨지는 듯한 시원함, 그 포장이 벗겨지면 땅의 층 겹겹이 스펀지처럼 스며들어 보이던 길, 그리고 진녹색의 나무들은 비가 오는 날의 전경을 온전히 느끼게 해주었다. 그날의 결심이 어느덧 3,000km의 걸음을 만들어 냈고, 이제 1,300km만 걸으면 내 이야기도 기억 속에서 검색될 날들로 저장되겠지. 지금까지 길을 걸으며 수많은 '나'를 걸었다. 시리도록 울고 으스러지듯 주저앉았던 나···. 마치 오레건의 날씨처럼 습하고 우울했던 나였지만 그 속에서 10대를 회상하고 20대를 기억하려 애를 썼고, 머나먼 이수현의 모습을 그리기도 한 것 같다.

대견하다고. 지금 딱 내가 3,000km를 마주한 오늘처럼, 떠나기로 결심을 했던 작년 겨울 아프리카의 어느 날처럼. 어제를 기억하고 내일을 살아가며 어제가 될 내일을 사랑하자고 다짐했다. 지금 이대로. 딱 이 만큼만.

바리톤, 아! 바리톤!

바리톤과 치카상, 그들을 만
난 건 오래전 모하비 사막에서였다. 재홍과 우찬과 비슷한 시기
에 출발한 일본인 하이커였다. 둘은 부부였다. 40대 후반이 훌
쩍 넘어 보였고, 아들이 있다고 했다. 아들이 스무 살가량이었
나. 우리를 보면 유난히 아들 생각이 난다며 '우리 아들도 너희
같으면 얼마나 좋을까'라고 말했다. 그들은 영어를 잘 하지 못
했다. 설명하고 싶은 단어가 있으면 항상 큰 제스처를 취하며
일명 바디랭귀지로 대화를 하곤 했다. 바리톤의 목소리는 낮은
중저음이었다. 언제나 '오'라는 감탄사를 연발하며 익숙한 것에
도 특유의 눈을 동그랗게 뜨며 웃곤 했다. 치카상은 항상 그 옆

에서 부끄러운 소녀처럼 바리톤을 바라보았다. 간혹 주머니에서 꺼낸 일본식 미소된장국 수프를 우리 손에 쥐어줬다.

언젠가 한번 멀리서 그들의 걸음을 본 적이 있다. 걸음이 빠른 내가 이내 그들을 앞질러 그때밖엔 볼 수 없었지만 인상적이었다. 처음 본 그들의 걸음은 구름 위를 걷는 듯 사뿐했다. 두 사람 모두 옷이 다 젖어 힘겹고 느리게 걷고 있었지만 서로의 속도를 확인하며 걷는 모습이 무척이나 인상 깊었다. 나는 마음속으로 그들을 거북이라고 불렀지만 저들만은 꼭 캐나다에 도착할 것 같다는 믿음이 있었다. 그들을 보면 육체적인 단단함이 아니라 정신적인 단단함이 이곳을 걸을 수 있도록 지탱해준다고 믿었다.

하지만 격차가 벌어져 어느 순간부터 오랜 시간동안 보지 못한 그들이 황량한 나무 사이로 걸어오고 있었다. 놀란 건 나뿐만이 아니라 그들도 마찬가지였다. 영어가 영 부족한 그들이 반가워하며 '하우 알 유'라고 물었다.

"레인, 투머치, 아이 밋 재홍 우찬, 팀버라인롯지, 비케어풀,

뉴 슈즈."

그들이 나에게 남긴 건 몇 가지 낱말이었지만 비가 오는 오
레건을 조심하라는 걱정 어린 마음이 느껴졌다. 왜 북쪽에서 오
냐고 물으니 자신들의 걸음으로는 도저히 시간을 맞출 수 없을
것 같아 결국 다른 하이커들처럼 위에서부터 내려오는 중이라
고, 더불어 치카상의 부상으로 어쩔 수 없었다며 조금 여유를
갖고 걷는 중이라고 말했다. 혹시 며칠 전 산 속에서 엇갈려 헤
어진 민아와 한수를 본적이 있냐고 물으니 '보지 못 했다'는 대
답이 돌아왔다.

몇 마디 대화 후 그들과 나는 마지막 인사를 했다. 그들은
남쪽을 향해 발걸음을 멈출 것이고, 나는 북쪽을 향해 발걸음이
멈출 것이니 오늘 이 우연한 만남이 마지막 모습이 될 것 같다
는 생각이 들었다. 우리 모두는 길 위에서 만나고 결국 길 위에
서 헤어졌다. 한 걸음을 가다가 멈춰서 뒤돌아보니 그들은 등
뒤에서 나에게 손을 흔들고 있었다. 언젠가 우리가 다시 만나는
날이 올까. 지구는 둥그니까 우리가 이렇게 계속 걷다 보면 다
시 만나지 않을까? 그때도 바리톤과 치카상은 내 마음속 거북

이, 플라타너스 잎, 미소쯤상극을 주는 소녀와 소년으로 기억될
까? 기약 없는 인사를 내뱉었다. 손짓이 빛에 흩어지고 나지막
이 입 속으로 삼킨다.

See you on the trail.

빅레이크 유스 호스텔

재빛 하늘 위에 손톱달이 찍혀 있다. 어둠이 오기 전 오늘 가야하는 빅레이크 유스 호스텔까지 한 시간 가량이 남았다. 소문에 의하면 그곳은 하이커에게 천국과 같은 곳이라고 했다. 하이커 박스*는 넘치고, 무료로 밥도 나눠주며, 샤워와 인터넷까지 겸비한 곳이다.

사방에 아득히 깔린 어둠이 몰려오고 있을 무렵 저 멀리서

하이커 박스hiker box 하이커들이 쓰지 않는 물품을 두고 가는 박스이다. 물론 자신도 하이커 박스에 자신의 짐을 놓을 수 있다.

희미하게 불빛이 보인다. 그곳이 빅레이크 유스 호스텔이라는 걸 직감한 후 가방끈을 조여 매고 빠르게 앞으로 나아갔다. 내가 도착했을 무렵 달빛이 호수에 가라앉고 있었다. 관리실을 찾아가니 아무도 없고 방명록만 덩그러니 있었다. 이름, 트레일 네임, 도착한 시간을 적으라는 문구가 보여 이름을 적고 멀뚱히 서있는데 멀리서 작은 불빛이 나를 비췄다.

"지금 도착했니? PCT 하이커지?"

멀리서 울리던 음성과 발자국 소리가 점점 내게 다가 왔다.

"레인보우? 레인보우! 여기 있었구나."

헤드 랜턴 때문에 눈이 부셨지만 초록색 셔츠와 바지를 보니 그녀가 레인보우임을 알 수 있었다. 노스캘리포니아에서 본 게 마지막이었는데 그녀는 어느새 이곳까지 와 있었다.

"수! 너무 오랜만이야! 어디에 있었던 거야? 오랫동안 너를 찾을 수 없었어!"

"나도 네가 보고 싶었어! 레인보우! 근데 내가 지금 막 도착해서 그런데 안내 좀 해줄 수 있어? 가방이 무거워. 배도 고프고."

그녀는 내 손을 잡고 하이커들이 모여 있는 통나무 건물로 안내했다. 어두운 길을 그녀의 랜턴에 의존한 채 걸으면서 그간 우리의 소식을 나누기 시작했다. 곰을 만난 일, 음식을 노루에게 털린 일, 하프마일에서 소리 내어 운 일, 그리고 민아와 한수를 놓쳐서 이곳에서 기다리고 싶다는 얘기까지. 나뭇잎이 바람에 흔들리기만 해도 웃음이 멈추지 않는 아이처럼 종알종알 이야기 하는 나를 보며 선샤인이 말했다.

"많은 하이커들이 노스캘리포니아 이후로 사라졌어. 소문을 들어보니 시간을 맞추지 못해서 대부분 북쪽에서 남쪽으로 내려오는 중이더라고. 이제 북쪽을 향해 가는 하이커는 몇 없어. 사실 나도 이후에 나오는 도시에서 북쪽에서부터 남쪽으로 내려올 계획이야. 아, 저기 샤워실 보이지? 침대는 원하는 걸 쓰면 될 것 같아. 와이파이도 잡혀! 제일 좋은 건 공짜라고! 이 모든 것들이!"

이곳이 많은 하이커들에게 천국이라 불리는 이유를 알 수 있었다. 불편한 구석이라고는 찾을 수 없는 이곳의 시설들은 오로지 자원봉사자들로 이루어지고 있다고 했다. 그들은 아침부터 저녁까지 어디서 온지 모르는 이방인들을 위해 음식을 만들고, 청소를 하고, 건물을 손보며 누추한 방문객을 위해 일하고 있었다.

문을 열자 시큼한 냄새가 공기를 가득 메웠다. 노란 불빛 아래 하이커들이 옹기종기 모여 수다를 떨고 있었고 몇몇은 반가운듯 인사를 했다. 평평한 땅이면 족한 것을 지붕이 있는 곳에서 편안하게 잘 수 있다니! 내일 아침 식사 시간에 그들을 만난다면 기꺼이 한국식 큰절을 내어주리! 여행을 하다 만난 여행자에게 언젠가 한번 이런 이야기를 들었다. 도움을 건네면 그 도움이 결국 돌고 돌아 자신에게 돌아온다고, 그러니 빚을 졌다고 생각하지 말라고. 내가 느낀 경험과 감정들을 곱게 접어 두었다가 누군가에게 전해 준다면 돌고 돌아 다시 나에게 전해질 거라고. 그들에게 큰절로 감사를 표하는 것뿐만 아니라 받은 도움을 내 눈과 귀와 코, 입으로 담아 누군가에게 전해 줄 수 있는 풍성한 사람이 되어 돌아가길.

내가 택한 길

악몽을 꾸고 있다. 어둠을 지나면 문 하나가 나온다. 문을 열면 그리운 사람들이 나에게서 멀어진다. 닿을 듯 말듯 우리의 거리는 점점 더 멀어져만 간다. 식은 땀이 흐르고 눈물이 흘렀다. 넓은 산자락에는 올빼미들의 스산한 울음소리가 나를 공포로 밀어 넣고 있었다.

며칠 전, 마지막 도시에서 엄마의 연락을 받았다. 초등학교 때부터 함께 살고 있는 강아지가 무척 아프다며 엄마는 울먹이는 소리로 언제 오냐고 물었다. 의연하게 '다 걸어야 가지, 엄마…'라고 말했지만 전화를 끊고는 그 자리에서 하염없이 울었

다. 주변에 있던 친구들에게 내가 왜 우는지 설명하기 창피했던 걸까. 혹은 어떠한 말도 하고 싶지 않았던 걸까. 그 자리에서 땀을 흘리면서도 울음을 멈추지 못했다.

기나긴 여정을 선택하면서 그에 따른 기회비용이 있었다. 여행을 떠나온 2년이라는 시간 동안 나는 내가 그리워하는 사람들과 행복, 슬픔, 고통을 나눌 수 없었다. 새로운 사람을 만나는 기회는 새로운 영감이자 즐거운 일이지만 마음속 깊숙이 자리한 그들을 이토록 그리워하며 살아가야 한다는 게 마음이 아팠다. 여행은 고단한 일이다. 긴 여정을 선택한 나를 책망하는 동안 길에 대한 집중력이 흐려지고 있었다. 나는 무엇을 위해 걷고 있을까? 지금 나를 위로해주기 위해 들려주고 싶은 말, 그러니까 여기까지 온 내가 나 자신에게 해줄 수 있는 말은, 내가 떠나온 이 기나긴 여행이 숨 막히는 만원버스를 이기지 못하고 아무 정류장에 내려 시원하게 숨을 쉬는 그러한 날숨 같은 것, 혹은 한 잔의 커피 같은 여유라는 것이다. 여행이라는 이 행복과 희망이 가득찬 단어에 힘을 빼고 지금 이 순간을 조금 더 즐기는 게 내가 포기한 모든 순간들에 대한 작은 위로가 되지 않을까?

비와 당신

비 내음이 참 좋다. 어느 겨울, 갑자기 비가 쏟아져 계획 없이 들어간 카페에서 창문에 맺힌 빗방울들을 보며 지나간 것들을 씻어내는 비가 참 좋다고 생각했다. 팽팽한 공기, 창밖 풍경에 비친 사람들은 제각기 우산을 쓰고 거리를 거닌다. 비가 오는 거리에 퍼지던 특유의 냄새가 좋았다.

오레건에 오고 몇 주간 내리 비를 맞으며 10시간씩 걷고 있다. 물론 지금까지 걸었던 길들에 비해 평평하지만 언제부터인가 비가 멈출 생각을 않는다는 게 문제였다. 예상하지 못했던

일은 아니지만 비를 좋아하던 내 마음이 함께 쓸려나갈 만큼 비는 길을 더욱 어렵게 만들었다. 비가 오면 10시간을 내리 제대로 쉬지도 못하고 걸어야 한다는 게 가장 힘들다. 간식으로 가득 찬 주머니에서 간단히 먹을 수 있는 에너지바를 찾아 입에 물며 걷는데 무척 곤욕스러웠다. 간식마저 젖어 주머니 속에서 형태를 알아볼 수 없는 모습으로 나올 때면 절로 헛웃음이 나왔다. 뿐만 아니라 우비를 입고 걷다 보면 통풍이 되지 않아 입고 있던 옷들에 습기가 찬다. 서서히 옷이 젖는다. 그렇다고 땀을 식힌다고 우비를 벗으면 살인적인 추위를 느끼게 된다. 그래서 가장 조심해야 할 건 저체온증. 실제로 산에서 사고가 많이 나는 계절이 겨울이 아니라 여름인 이유다.

비가 일정한 가락과 음으로 내린다. 나를 향해 자신들의 존재를 증명하듯 비는 쉽게 멈출 생각을 하지 않았다. 온 세상이 비로 물들어 있다. 젖어 있는 나무들도, 질퍽거리는 흙길도. 발걸음이 나아갈 때마다 신발 속에 숨어 있던 물이 새어 나온다. 오늘따라 빗소리가 어쩐지 두려운 건 비오는 날 산에서 사고가 많이 난다는 누군가 흘린 말 때문이겠지.

혼잣말

길이 반복되고 있다. 주위를 둘러봐도 내 이야기를 들어 줄 사람은 없다. 정신이 나간 걸까. 환청일까. 환상일까. 나의 발소리가 '응.'이라고 대답하는 것 같다.

비가 무척이나 쏟아지는 날이었다. 다음 도시까지는 꽤나 시간이 걸리겠군. 핸드폰을 주머니 깊은 곳으로 넣었다. 비가 오고 난 후로부터 GPS도 잘 잡히지 않았고, 핸드폰을 꺼내어 지도를 보는 일도 드물었다. 나의 촉을 온전히 믿고 발걸음을 내딛었다. 그러다보니 길을 잃기를 반복했다. 배가 너무 고파서 가방 옆에 꽂아둔 땅콩버터를 손으로 퍼먹었다. 목이 메여왔다. 고개를 들고 입을 크게 벌려 떨어지는 빗물을 마시는데 서러움이 일렁이기 시작했다. 이런 날 나를 따뜻하게 녹여줄 수 있는 건 따뜻한 코코아 한잔이나 난로가 아니었다. 사람. 사람의 체온이 필요하다. 36.5도의 온기. 그리고 날숨과 들숨을 내쉬며 공기 위에 부푼 풍선처럼 떠오르는 낱말들이 필요한 순간이다.

길 위에서 3개월이라는 시간이 지났다. 처음 순간을 돌아보면 많은 것이 달라졌다. 텐트 치는 법에 익숙해졌고, 초반에 걷던 킬로수와 비교되지 않을 만큼 많은 양을 걷곤 한다. 혼자 산속에서 살아남는 기본적인 요법들을 터득했지만 시간이 지나도 익숙해지지 않는 건 사람에 대한 그리움과 외로움이었다. 연습으로 결코 이겨낼 수 없는 시련이었다. 수없이 많은 길들을 창밖으로 흘려보내며 다짐했다. 나를 가장 잘 다스리는 건 나라고. 하지만 그 검푸른 창밖 풍경을 지나다니던 나무들이 사라지고, 세상이 아주 고요히 잠들면 언제나와 같이 꿈에 사랑하는 사람들이 보였다. 그 꿈의 대화는 아주 생생해서 일어나서도 선명한 자욱으로 남아 있었다.

대화가 필요했다. 음산한 빗소리를, 적막한 공기의 팽창을 숨죽여줄 우리만의 대화. 그러나 대화는 어느 곳에서도 찾을 수 없었다. 오직 내가 내뱉은 말과 그걸 받아치는 나의 말이 빗속에 섞여 엉켜가고 있었다. 무슨 말을 하는지 의미를 잃은 채 허공에 독백이 하얀 종이 위에 한 장, 두 장 채워진다. 처음 마음으로 쓰던 말이 점점 목소리의 형태로 변하기 시작하고 한 시간, 두 시간 속절없이 흐르는 시간 속에 목소리의 진동이 산 전체를 울리기 시작한다.

"너 개 알아? 진짜 엄청 못된 친구였어."
"알지. 너 뺨 때렸던? 근데 너도 잘한 건 없었어."
"쌍방과실이지."
"너 개 좋아했지?"
"뭐?"

어스름 빛 속으로 독백이 힘을 잃고 쓰러진다. 점점 희미해져가는 의식 속에서 이건 환상도, 환청도 아니라고 한다. 단지 난 5시간째 혼잣말을 하는 것뿐이라고. 누군가와 대화를 하고 있다고. 아무도 없는 이 숲속에서.

선샤인

그녀를 처음 보던 날, 나는 왜 그녀의 이름이 '선샤인'인지 단번에 직감할 수 있었다. 그녀가 웃으면 온 세상이 환하게 빛나는 듯 했으니까 말이다. 웃는 얼굴엔 인디언 보조개가 걸려 있었다. 눈은 반달 모양으로, 입술은 활짝 핀 해바라기와 같았다.

며칠째 사람들을 보지 못하고 거대한 자연 속을 방황하던 오늘, 내일이면 팀버라인 롯지에 도착해 친구들을 만날 거고, 따뜻한 롯지의 온기로 몸을 데울 수 있다는 기대감에 부풀었다. 비가 거세질 무렵 더 이상 앞으로 갈 수 없어 잠시 가던 걸음을 멈추고 큰 나무에서 빗줄기가 연약해지길 기다리고 있었다. 어느 순간 비가 멈추는 듯 했지만 이내 한바탕 거대한 소음을 내며 힘차게 쏟아졌다. 인내심을 갖고 고요해질 시간을 숨죽이며 기다리고 있다. 그때 선샤인이 비를 뚫고 힘겹게 걸어오고 있었다. 건너편에서 걸어오는 이가 그녀임을 직감한 건 그녀가 늘 똑같은 색의 옷을 입고 있었기 때문이다.

"선샤인!"

"헤이! 수!"

"비가 너무 많이 와! 이리와! 조금 멈추길 기다려 보자!"

"선샤인! 도통 널 볼 수 없었어! 무슨 일이 있던 건 아니지?"

"응. 그저 밤낮을 바꾸어 걸었을 뿐이야."

"나도 그러고 싶지만 눈이 좋지 않아. 그래서 난 사막에서도 낮에 걸었거든."

"그건 그렇고, 수! 내일 아침에 팀버라인 롯지에 가지 않을래?"

"지금부터 걸으면 시간이 꽤 걸릴 텐데? 아마 밤새 하이킹을 해야 할 것 같아. 사실 나 오레건에 온 이후로 매일 30km이상은 걸어. 저번에는 잃어버린 친구들을 찾기 위해 거의 45km

를 걸었어. 정말 힘들었지. 다시는 안 그럴 거야."

"뭐라고? 45km? 말도 안 돼! 잠시만, 그럼 더더욱 나랑 같이 걸어줄 수 있을까? 사실 나도 30km이상을 걷고 싶은데 그게 마음처럼 되지 않거든. 만약 오늘 밤 너랑 밤새 걷는다면 뜻깊은 도전이 될 것 같은데. 만약 같이 걸어준다면… 음, 팀버라인 롯지에 아침 뷔페가 있는 거 알지? 그거 내가 사줄게. 같이 걸어줘, 제발."

사실은 그녀의 애절한 눈빛에도 거절할 수 있었다. 길 위에서 중요한 건 첫째도 건강이요, 둘째도 건강이었기에. 그 예쁜 눈에서 빛나는 간절함이라도 외면하기란 어렵지 않았을 것이다. 내가 그녀와 아침까지 걷게 된 이유가 결코 아침뷔페 때문이 아니라고 자신했지만 도착한 팀버라인 롯지의 아침뷔페를 먹으며 '이수현, 너 참 위선적이다.'라고 생각했다.

그날, 우리가 만났던 시간부터 잠시 멎은 비에 바람만이 불던 그 길을 쉬지 않고 걸었다. 오직 팀버라인 롯지, 선샤인의 소원을 위해 새벽이 오는 것도 모른 채 걸었다. 헤드 랜턴의 불빛이 약해 선샤인의 발걸음 소리와 앞서가는 작은 불빛에 의지했고, 새벽이 오는 진한 선율의 하늘을 만끽했다. 아침이 밝아오기 시작하는 그 시간, 언덕 위로 롯지가 보였다.

"다행히 우리가 아침 시간에 맞춰 왔어! 수! 정말 고마워, 네 덕이야. 네가 없었으면 절대 이겨낼 수 없었을 거야."

"문제 없어. 언제든. 우리가 이 길에서 의지할 건 하이커 트래시*들뿐이잖아?"

우리의 모습에 어울리지 않는 깨끗한 식당. 하얀 식탁보에 흙이 묻지 않을까 조심스럽게 식사를 하며 창밖을 내다보았다. 새벽녘, 잠시 멈췄던 비가 다시 시작됐다. 배부른 식사를 마치고는 앞으로 어떻게 가야 할지에 대한 고민을 잠시 접어 두고 식당에 흐르는 클래식에 잠기자고 했다. 무엇이든 방법은 있을 테니까. 선샤인의 웃음을 보고 있으니 웅크려 있던 근심과 걱정이 기대로 변했다. 정작 고맙다고 말해야 할 건 그녀가 아닌 나라서 그녀가 좋아하는 시나몬 롤을 접시 위로 건넸다.

⌣
⌣

하이커 트래시hiker trash 하이커들끼리 부르는 애칭이다. 잘 씻지 못하고, 먹지도 못하는 자신들을 부르는 말이지만 애정이 담겨 있다.

만약 맨을 만나지 못했다면

팀버라인 롯지에서 아침 식사를 한 후 젖었던 장비와 옷을 말렸다. 인터넷이 되지 않아 날씨를 확인하지 못했는데 나와 보니 먹구름이 하늘을 뒤덮고 있었다. 하지만 이곳에선 딱히 캠핑을 할 수 없을 뿐더러 팀버라인 롯지는 꽤나 비싼 리조트였기에 급한 대로 숙소 내에서 쓰레기 봉투를 구하고, 아웃도어 용품을 파는 작은 가게에서 비닐 우비를 구입했다. 이대로 속도를 조금 더 내서 3일에서 4일 정도만 더 가면 캐스캐드락이 나올 것이다. 이곳에서 속도를 늦추는 것보다 한시라도 빨리 마을에 도착하는 게 우선이었다. 나는 가방을 메고 떠날 채비를 하고 있었다. 그때, 누군가 말을 걸어 왔다.

"우리 만난 적 있지, 수? 지금 떠나려고?"

"아, 안녕. 어디서 봤더라… 아! 유스 호스텔에서, 맞지? 내 뒷편 침대를 쓰던 친구!"

"기억하네. 곧 비가 내릴 텐데 지금 떠나려고?"

"시간을 늦출 수 없어. 돈이 넉넉하지 않아서 숙소를 이용할 수도 없고. 너는?"

"고민 중이야. 바깥 하늘을 봐. 거센 비가 올 기세야. 우비는 제대로 갖고 있는 거니?"

"우선 젖지 않는 옷들을 입고… 비닐 우비, 그리고 쓰레기 봉투로 가방에 있는 물건들을 동봉하려고. 이곳에서 내가 할 수 있는 최선은 이것뿐이야."

은은한 램프등이 실내 온기를 편안하게 만들고 있었다. 푹 꺼진 쇼파에는 아이와 엄마가 앉아 책을 읽고 있었다. 바깥의 날씨와 관계없는 사람들처럼 실내 공기를 둘러싼 모든 사물들이 온기로 가득 찼다.

"무리일 텐데… 나는 모르겠다. 넌 정말 지금 떠날 거야?"

"응, 반가웠어. 언젠가 또 보겠지? 먼저 갈게. 또 보자."

그토록 기다리던 대화였는데 이어나갈 수 없었다. 상황이 더욱 악화되기 전에 조금이라도 길을 걸어 마땅한 자리를 마련해야 했기 때문이다. 상황이 좋지 않다. 비는 거세고 몸이 휘청거릴 듯이 바람이 세차게 분다. 비닐 우비는 장마가 휩쓸고 간 자리에 남은 논밭처럼 처량하게 힘을 잃고 있다. 온몸이 점점 젖기 시작했고 머릿속에 저체온증이라는 네 글자가 두렵게 그려지고 있었다. 작은 시냇물을 건널 때도 힘이 들었다. 비가 와서 그런지 물줄기가 굉음을 내며 흐르고 있었다. 속도는 이미 오래 전부터 뒤처지고 있을 무렵이었다.

'아, 비 정말 싫다.'

점점 짜증이 나기 시작했고 가방의 무게가 어느새 불어 있었다. 비에 젖은 장비들이 잊고 있던 어깨통증을 또다시 느끼게 했다.

"헤이! 거기, 수! 멈춰봐!"

빗소리가 어쩌나 거센지 세상이 이대로 가라앉을 것만 같았던 그때, 뒤에서 빨간색 레인 자켓을 걸친 어떤 남자아이가 내게 걸어오고 있었다. 그는 다름 아닌 팀버라인 롯지에서 만났던 남자아이였다. 나는 걸음을 잠시 멈추고 그를 기다렸다.

"너 옷이 다 젖고 있어. 나한테 우산이 있거든? 급한 대로 이거라도 써! 이러다가 너 죽고 말거야."

"조금씩 춥기 시작했어. 어지럽기도 하고."

윗니와 아랫니가 맞물릴 정도로 심하게 냉기를 느끼고 있었다. 손과 발이 얼음장이 되어 온몸이 그대로 눈송이가 되어 버릴 것 같은 그때 그가 나에게 우산을 건네주었다.

"우선 지도를 따라 30분 정도 가면 캠핑사이트가 나와. 거기서 멈추자고. 이대로 더 가다가는 내가 너의 시체를 밟고 지나가야 한다고."

체력이 급격히 하강하기 시작했다. 마지막 남은 힘을 다해 30분을 걸어 캠핑사이트를 발견했다. 제기랄. 어째서 불행은 한 번에 겹치는 건지 텐트를 쳐야 하는 자리에 이미 물이 고여 있었다. 물이 고이지 않은 자리는 경사가 있는 자리뿐이었다. 이대로 더 이상 가는 건 무리라며 그는 텐트를 치는 게 좋겠다고 했다. 조금 불편하게 자더라도 오늘은 멈추는 게 내 건강에 좋을 것 같다며.

텐트를 치는데 빗물이 텐트 안으로 새어 들어왔다. 정신이 혼미해지기 시작했고 가방 속 침낭부터 꺼내어 확인하자 다행히도 쓰레기봉투에 잘 보관된 덕에 젖지 않았다. 모든 옷을 벗고 침낭 속으로 들어갔다. 우선 체온을 올리는 게 먼저였기 때문이다. 스토브에 불을 붙이려고 하는데 바지에 들어 있던 라이터가 젖어 도통 말을 듣지 않았다.

"제기랄. 진짜 되는 일 뭐 같이도 없네."

짜증이 밀려왔다. 차라리 그냥 롯지 근처에서 캠핑을 할 걸 그랬나. 무모하게 떠나 온 내가 원망스러워 질 무렵, 텐트 밖으로 누군가가 나를 불렀다.

"괜찮니? 여기 차 한 잔 끓여 왔어. 몸을 녹이는 게 좋을 것 같아."

나를 도와준 그가 텐트 사이로 차를 내밀었다.

"고마워. 내가 정신이 없어서 네 이름을 묻지도 않았네. 이름이 뭐야?"

"나는 맨. 맨이야. 오늘 밤 나도 이곳에서 캠핑하니까 혹시 무슨 일 있으면 꼭 나를 불러."

"고마워. 정말 고마워."

그가 준 차가 식도를 타고 흐르자 그간의 긴장과 극도의 추위가 한풀 꺾였다. 이럴 때 민아와 한수가 있었다면 어땠을까. 선샤인의 말처럼 내일 떠나는 게 맞는 일이었나. 다행히 이 친구를 만나게 돼서 살아있다는 것에 감사해야 하는 건가. 생각이 많아졌다. 따뜻한 차를 마시자 졸음이 쏟아졌다. 자면 안 되는데, 아직 자면 안 되는데… 정신을 붙잡아보지만 어느새 빗소리가 희미해졌다. 저녁이 채 오지 않은 그날 축축한 흙길 위 고요한 숨소리를 품에 안고 잠이 들었다.

안개 속을 걷는 일

세상이 고요하다. 지난 밤 다녀간 비는 별안간의 소나기였을까. 아니, 그럴 리가 없다. 며칠째 비가 퍼붓고 있으니. 새벽 5시. 혹시 비가 멈춘 걸까? 조심스럽게 텐트를 열어봤다.

안개가 자욱했다. 열이 끓는 아이의 얼굴 같은 허연 안개가 구름처럼 거닐고 있었다. 드문드문 보이는 하늘의 행색, 역시나 오늘도 먹구름이 낀 하늘. 큰 기대를 버리고 가방을 싸기 시작했다. 내 소리를 감지했는지 옆에 텐트를 쳤던 맨이라는 친구가 '굿 모닝.'이라며 안부를 묻는다. 나는 '덕분에'라는 짧은 대답과 오늘도 여전히 비가 올 것 같다고, 바깥에 안개가 끼어 있다고 말했다.

"나는 먼저 갈게. 또 볼 수 있으면 보자. 어제 고마웠어."

텐트 밖으로 쉽사리 나오지 않는 그에게 인사를 하자 곧 보자는 대답을 하고 다시 침낭 속으로 들어가는 소리가 들렸다.

안개가 낀 지상, 앞이 보이지 않으니 나또한 목적을 잃고 움직인다. 안개가 잡힐 듯 말 듯 몇 걸음 다가가면 다음 길이 나오고, 또 몇 걸음 가면 그 다음 길이 나온다. 차라리 이렇게 앞이 보이지 않으니 잘됐다 싶었다. 괜히 먹먹한 하늘을 보면 마음이 무거워졌고, 걸음은 더욱 느려졌다. 그래서 아무것도 알 수 없는 안개 낀 길이 좋다. 마치 새하얀 도화지 위에 무엇이든 그릴 수 있는 듯한 느낌.

살다 보면 지금처럼 아무것도 모른 채 걷는 게 오히려 속 편할 때가 있다. 내가 올바로 걷고 있는지, 저 끝엔 무엇이 있는지 계산하지 않아도 되니까. 안개는 마음 깊은 곳을 뚜렷이 볼 수 있게 해주는 건널목 같아 때때로 위로를 준다. 한편, 오히려 아

는 것이 너무 많아 골치가 아플 때가 있다. 예를 들면 결말이 보이는 소설의 뒷장을 넘길 때의 찝찝함. 그럴 줄 알았으니까, 라고 내뱉기까지 다양한 상상 회로가 처참히 무시되는 순간들. 반면, 안개는 다양한 결말을 상상케 하는 색다른 길이다. 길을 잃고서야 볼 수 있었던 골목의 정겨움처럼. 가끔은 희미한 안개구름처럼 잡힐 듯 잡히지 않는 선택이 오히려 가치 있었다.

어느새 아침이 오고, 안개는 어디론가 사라졌다. 고개를 살짝 들어보니 구름이 이동하고 있다. 비가 올 것 같다던 하늘에 희망이 서리듯 먹구름이 자욱한 하늘이 산 저편으로 조심스럽게 움직인다. 어젯밤의 안개는 비가 아니었다. 소문 없이 찾아온 햇빛이 가늘게 발 위를 감싸 안는다.

플레이 리스트

                                그러니까 내 핸드폰 플레이 리스트는 최소 3년 동안 업데이트가 되지 않았다. 핸드폰에 저장된 웬만한 음악들의 가사를 흥얼거릴 만큼 노래를 듣고 있으면 가수가 친근하게 느껴질 때가 많았다. 어떤 노래를 들으면 여행지에서의 일이 생각나거나, 그때의 감촉이 느껴지기도 한다. 노래가 갖고 있는 힘은 대단했다. 내가 어떤 나라를 기억하는 방법 중 하나인 냄새처럼 음악 또한 여행을 기억하는 소중한 도구였다. 가사와 리듬으로 기억들을 그려내고 나의 감정들을 살려냈다. 오레건의 마지막 길을 걷는데 마침 강산에 밴드의 〈거꾸로 강을 거슬러 오르는 저 힘찬 연어처럼〉이 흘러 나왔다.

긁히는 음색과 기타 소리.

　　여러 갈랫길 중 만약에 이 길이 내가 걸어가고 있는
　　돌아서 갈 수밖에 없는 꼬부라진 길 일지라도
　　딱딱해지는 발바닥 걸어 걸어 걸어가다 보면
　　저 넓은 꽃밭에 누워서 난 쉴 수 있겠지.

　　먹구름 낀 하늘에 나무들이 서로가 서로에게 엉겨 붙어 나름의 화음을 만들어 낸다. 오랫동안 듣지 않던 노래와 선율들이 여행이라는 특별한 상황과 만나 잊지 못할 플레이리스트가 된다. 나도 조금만 더 힘을 낸다면 가사처럼 꽃밭에 누워 쉴 수 있지 않을까?

신들의 다리

GOD OF BRIDGE.

영화 〈와일드〉는 주인공 셰릴이 신들의 다리를 보는 뒷모습으로 끝이 난다. 드디어 오레건의 마지막 도시 캐스케드락에 도착했다. 몇주 전, PCT days 때문에 이곳을 방문했지만 지금 이 순간이 특별한 의미가 있다면 두 다리로 걸어서 왔기 때문일 것이다. 그때의 축제는 흔적 없이 조용하기만 하다. 그저 우리의 시간 속에 추억으로 남겨졌을 뿐, 이곳은 평화로운 작은 시골 동네였다. 흰 철근으로 이루어진 다리는 별다른 특색이 없다. 보통의 사람들에게는 오레건 주와 워싱턴 주를 넘나드는 다리일 뿐 그 이상도 이하도 아니겠지만 PCT를 걷는 하이커에게 이

다리는 큰 의미가 있다. 이 다리를 건너 워싱턴 주를 내리 달리면 그간의 여정이 끝이 난다. 끝나지 않을 것 같은 길은 어느새 한 달 남짓한 시간을 남기고 있었다.

오레건의 마지막에서 다행히 민아와 한수를 만날 수 있었다. 이곳의 유명한 트레일 엔젤 하우스인 슈렉 하우스에 도착한 지 하루가 지나서야 그들을 만났다. 한수와 민아는 퍼붓는 비를 맞으며 하루 종일 내 걱정을 했다고 했다. 내가 정말 무서웠다고, 언니, 오빠가 보고 싶었다고 대답하자 수고했다며 나를 끌어안았다. 몇 주간의 아리던 외로움이 따뜻하게 녹았다. 이곳에서 민아와 한수만 만난 게 아니었다. 며칠 전, 비가 퍼붓던 그날 산속에서 도움을 줬던 맨이라는 친구도 다시 만날 수 있었다. 그때에 비해 한결 나아진 내 얼굴을 보며 그는 다행스러운 미소를 지었다.

한 구간이 끝날 무렵마다 설렘과 두려움이 교차했다. 이곳까지 온 내가 대견스러웠지만 반대로 끝이 나지 않을 것만 같은 기분이 들었기 때문이다. 하지만 신들의 다리를 보는 순간 설렘, 두려움을 초월하는 감정이 들기 시작했다. 막상 끝이라는 순간이 다가오자 덜컥 두려웠다. 길의 끝에는 어떤 것들이 있을까. 만에 하나 아무것도 없다면? 나는 무엇을 위해 걸은 걸까? 허탈함이 느껴질 것만 같았다.

나는 여전히 길의 목적이나 해답 따위를 찾지 못했다. 그럴 만한 사연은 나에게 없을 뿐더러, 그렇다 할지라도 길을 걷는데에 특별한 이유가 존재할 필요가 없다는 걸 알고 있었다. 허나 모순적인 내면에서는 다른 말을 했다. 길이 끝날 때, 내 자신이 아무것도 아닌 채로 그저 걷기만 하는 단순한 노동을 했던거라고 생각된다면 당황스러울 것 같았다. 그래서 오레건의 끝, 신들의 다리에 서 있는 지금 이 순간을 마냥 즐길 수만은 없었다. 그토록 원하던 끝이 다가오는데 석연치 않은 찝찝함이 계속 됐다.

'나는 지금 잘하고 있는 걸까?'

먹는 것보다 중요한 건 없다

장거리 하이킹에서 가장 중요한 건 자신의 몸을 잘 돌보는 일이다. 하루 종일 걷기 때문에 음식은 굉장히 중요하다. 외국인 하이커들은 보통 전투 식량이나 조리가 간단한 파스타 종류를 많이 먹지만 한국인은 밥심이기에 나는 꼭 밥을 먹으려고 노력했다. 무얼 먹는지, 어떤 음식들이 무게가 적은지, 그리고 음식 조달 방법에 대해 나누려고 한다.

1) 어떤 음식을 어떻게?

매일 신선한 음식을 먹을 수 있다면 정말 좋겠지만 부득이하게도 산에서 며칠을 머물러야 한다면 간단한 음식으로 끼니를 해결해야 한다. 그러면 어떤 음식을 가져가야 가장 간편할까? 더불어 한식이 먹고 싶어진다면 어떻게 해야 할까?

- **전투 식량 스타일** : 보통 물을 넣어 간단하게 먹을 수 있다는 장점이 있고 요즘 전투 식량은 굉장히 잘 나와 있어서 심지어 맛도 있다. 하지만 가격이 아주 사악하다. 한국에서 파는 전투 식량도 있지만 현지에서 구할 수 있는 전투 식량은 REI(미국 아웃도어 상점)에서 살 수 있는 '마운틴 하우스'가 대표적이다. 다만 양이 조금 부족한 감이 있는데 가격은 비싼 편이다.

- **한국인의 힘은 밥** : 내가 대표적인 경우로, 5분 안에 만들어지는 5Minute rice를 애용했다. 미국 어디든 슈퍼마켓에 가면 판다. 그리고, 미국 라면이라 부르는

싸구려 라면으로 자주 끼니로 해결했다. 점심은 식빵을 들고 다니면서 잼을 발라 먹거나 에너지바로 해결했다.

- **한국 음식 조달** : 한국 음식을 굳이 한국에서 사서 미국으로 가져올 필요가 없다. 미국에 있는 한인마트도 택배 서비스가 되기 때문에 한인마트 인터넷 사이트로 주문해서 자신이 도달할 곳을 미리 계산해 음식을 시켜 놓을 수 있다. 의외로 종류가 많아 가끔씩 이런 사치는 꽤나 큰 즐거움을 준다.

- **그 외 내가 자주 먹던 것들**

  - 땅콩 버터 잼
  - 인스턴트 매쉬 포테이토
  - 초콜렛 잼
  - 팝타르트 미국 국민과자로 슈퍼마켓 가면 다 판다. 엄청 달고 아침 대용으로 좋다
  - 우유 파우더
  - 에너지바
  - 라이스 페이퍼
  - 스리라차 소스
  - 초콜렛
  - 마시멜로
  - 치즈
  - 스팸
  - 참치
  - 코코아
  - 꿀

2) 음식 조달 방법

음식을 조달하는 방법은 총 3가지가 있다.

- **현지에서 직접 구매** : 물론 PCT가 태평양 산맥을 따라 걷는 장거리 하이킹이지만 일주일 중 3일 또는 5일에 한 번씩은 산에서 내려와 근교 마을로 갈 수 있다. 시골 동네부터 큰 도시까지 천차만별이며 데이 하이커의 도움을 얻거나 히치하이킹을 통해 마을로 내려간다. 나도 현지에서 구매하는 방법을 택했는데, 필요할 때마다 필요한 만큼의 음식을 살 수 있어 합리적이다. 보통 마트에서 파는 싸구려 라면, 스리라차 소스, 인스턴트 쌀을 샀다.

- **보급** : 미리 음식을 배분해서 마을에 있는 우체국으로 보내 찾는 방법이다. 이 경우, 보다 계획성 있게 움직여야 한다. 큰 마트에서 한번에 장을 보고 보급 받을 지점까지 도착하는 날을 계산해서 보내야 하기 때문이다. 번거로울 수 있지만 산에서 오랫동안 내려오지 못한다거나, 주변에 마을이 없을 경우 유용한 방법으로 사용할 수 있다. 택배를 받을 수 있는 곳의 주소는 우체국에서 또는 구글링하면 찾을 수 있다.

- **하이커 박스 이용** : 하이커 박스는 이미 이 길을 지나친 하이커가 짐 무게를 덜기 위해 버리는 물품을 넣는 박스다. 주로 제로데이 때 하이커들이 많이 모이는 집결지나 엔젤하우스의 집에 있는 하이커박스를 이용한다. 간혹 스팸이나 땅콩잼 등을 얻을 수 있으니 잘 사용하면 비용 절감에 큰 도움이 된다.

5.
세상의 끝까지
달려보자고

WASHINGTON

3,436.8~4,244.8km

일탈

여행이 반복되면 일상을 넘어선 무언가가 된다. 실제로 내가 여행을 하다가 싫증 난 이유도 새로운 것에 대한 감흥이 떨어졌기 때문일 것이다. 오레건의 마지막 도시에서 미묘한 감정이 드는 것은 어쩌면 당연한 일일 수도 있겠다는 생각이 들었다. 일탈이 일상으로 뒤바뀌는 찰나였다. 아침에 눈을 뜨니 견딜 수 없는 무료함이 찾아왔다. 예상대로라면 어제 출발을 해야 했지만 이대로 길을 걷다가는 회의감이 들 것만 같았다. 샤워를 하고, 그나마 깨끗한 옷을 입고, 머리를 단단히 묶은 후 거리로 나섰다. 그 후 거리에서 엄지를 치켜들고 히치하이킹을 시도했다. 처음에는 되려 깔끔한 행색에

272

히치하이킹을 하는 여자아이에게 의문을 품은 건지 멈추는 차
가 없었다. 그러다 차 한 대가 멈췄다.

"어디 가니?"

"이곳보다 조금 더 큰 도시. 큰 마트에 가야 할 일이 있어서."

"마침 컬럼비아 강을 따라 옆 도시에 가는 중이야. 그곳에
월마트가 있을 거고. 탈래?"

"좋아. 고마워."

그는 나를 수상하게 생각하지 않았다. 오히려 친절과 미소
로 무엇 때문에 가는지, 지금 무슨 일을 하길래 적적한 도시에
서 히치하이킹을 하는 건지 물었다.

"사실 나는 PCT 하이커야. PCT 알아? 멕시코부터 캐나다
까지. 총 4,300km를 걷는 장거리 하이킹. 오레건을 걸을 때 내
내 비를 맞으며 걸었어. 적당한 아웃도어 가게를 찾지 못해서
위험에 처할 뻔한 일이 많았거든. 장비들을 제대로 갖추려고.
듣기로는 워싱턴 구간도 비와 눈이 오고 있다고 했거든."

"아. PCT 하이커! 실제로 보니 정말 멋지다. 산에서 정말 조

심혀야 하지. 그럼 우선 월마트에 들렀다가 장비가 없으면 시내에 있는 아웃도어 숍에 가보자. 캐스캐드락보다 더 많은 가게들이 있을 거야."

"그런데 너 어디 가는 중이었어? 바쁜 거 아니야?"

"사실 다녀오던 길이라서 말야. 널 도와주고 친구들을 만나러 가려고."

그의 차를 타고 월마트며 시내에 있는 작은 아웃도어 숍들을 돌아다녔다. 그의 도움 덕분에 이런저런 물품들을 살 수 있었고 시간을 내 강 근처에 있는 예쁜 카페에 들어가서 차를 대접하기도 했다. 그는 하이킹에 대해서 깊게 묻지 않았다. 그저 일상적인 이야기와 내가 여행을 하기 전에 어떤 사람이었는지에 대한 이야기를 나눴다. 문득 카페에 앉아 그와 이야기를 이어 가는데 서울 도심의 작은 카페에 친구와 앉아 수다를 떠는듯한 편안함이 느껴졌다.

카페에서 나온 우리는 강을 따라 거닐었다. 그의 약속 시간이 다가오자 괜찮다면 자신들과 놀지 않겠냐고 물었다. 딱히 할일도 없었고 일탈이 필요한 하이커에게 더할 나위 없는 기회였기에 그를 따라 나섰다. 우리는 피자집에 가서 친구들을 기다렸다. 친구들은 위화감 없이 나를 대했고 그들과 맥주를 마시며 게임을 하거나 같이 음악을 들었다. 해가 저물 즈음, 차를 타고 30분을 달려 산골짜기에 있는 조용한 펍에서 이야기를 나누자 어느새 다들 넉넉히 취했다. 계획적인 일탈, 아니 어쩌면 우연적인 일탈이라고 하는 게 맞을 것이다. 여행을 하며 잠시나마 잊고 있던 일상의 행복함에 나는 이제 조금 더 걸으면 도착할 캐나다로 가기 위한 에너지를 채운 느낌이었다.

캐스캐드락에 돌아와 다시 하이커들이 우글거리는 하이커 하우스에 도착하니 오후 11시가 넘어가고 있었다. 잠에 들지 않은 하이커들이 마당에 나와 게임을 하거나 핸드폰을 만지고 있었다. 우연히 만난 그는 떠나갔고 그 자리에는 일탈의 기억만이 남겨졌다. 그 기분이 꽤나 오랫동안 지속되어 모너먼트 78까지의 용기가 됐다.

황혼의 고요함

언덕을 올랐다. 오늘 캠핑을 할 곳까지 약 7km가 남았으니 넉넉잡아 2시간을 오르면 된다. 시간은 오후 5시를 안되게 가리키고 있었다. 한동안 비추던 뜨거운 태양의 열기가 점점 식어갔고 내 그림자가 거대하게 비춰지다가 이내 다시 내 발밑으로 돌아왔다.

언덕 끝에 다다르자 발밑으로 세상이 펼쳐져 있었다. 이미 능선 뒤로 반쯤 숨겨진 태양의 광이 드넓은 하늘과 갈대밭을 비추고 있었다. 잠시 걸음을 멈추고 숨을 돌렸다. 크게 숨을 쉬고 초점을 흐린다. 오직 내 눈에는 색의 현란한 움직임만이 보인다.

오늘의 하늘은 말로 표현할 수 없는 색으로 겹겹이 쌓여 있다.
그 위로 목화솜 같은 구름이 떠다닌다. 산 정상에서 바라보는
시선은 아늑히 고요하기만 하다. 언덕을 오른 터라 가빠진 숨이
제자리를 찾아올 때쯤 흙길에 앉아 세상의 황혼을 만끽한다. 어
쩐지 익숙한 풍경이다. 황혼이 세상을 삼킨 오후. 장소가 바뀌
었을 뿐 자연이 주는 경이로운 시간은 언제나 나를 고요하게
했다.

화사한 오후의 빛이 이마에 포근히 내려앉는다. 한동안 길을 잃은 아이처럼 조용히 바라보았다. 오렌지 빛 하늘이었다. 질서 없이 서 있는 나무들과 미세하게 들리는 벌레들의 그림자. 그리고 그 틈새를 비추는 하늘 속에 바랜 태양이 모습을 드러낸다. 방향을 상실한 바람이 살갗을 스친다. 산기슭 길목은 해가 질 무렵, 그러니까 세상이 달콤한 냄새를 품은 채 변하는 순간만큼은 어디서 온지 모르는 적막함이 내 마음을 관통했다. 백색 소음이라고 해야 할까. 혼잡한 세상에 드뷔시의 아라베스크와 같은 음율이 퍼지는 듯 했다. 그 시간에 지배되어 한참을 하늘 아래에서 서성이다 보면 느릿느릿 감기던 세상이 누군가 스위치를 켠듯 다시 생기를 갖고 움직인다.

'황민아'라는 사람

　　　　　　　　"내가 처음 산에 올랐던 날
이 아직도 기억나. 그때의 나는 오늘을 상상조차 못 했을 거야.
지리산이었어. 한수 오빠가 처음 지리산에 데려갔는데 그날 응
급실에 실려 갔어, 너무 무리를 해서. 지리산도 못 오르던 내가
어느새 여길 걷고 있다니, 놀라워."

　　처음 길을 걷던 날 민아의 능숙한 행동들이 당연하다고 여
겼다. 하이킹을 하며 예측할 수 없는 상황들이 벌어졌을 때 언
니의 민첩한 사고와 행동력이 원래부터 그런 줄로만 알고 있었
다. 하지만 진득한 이야기를 나눠 보니 원래 그런 건 결코 없었

다. 한수를 만나 세계여행을 꿈꿨고, 등산을 좋아하던 한수와 취미를 공유하게 되면서 자연스럽게 산을 다녔다고 했다. 처음에는 체력이 따라주지 않아 산을 오르면 응급실에 실려 갔던 언니가 세계 7대륙의 높은 정상들을 다녀왔고 이곳까지 건강하게 올 수 있었던 이유는 부단히 노력한 결과였다.

우리는 자주 함께 걸었다. 동네 숲을 거닐며 이야기를 나누는 소녀들처럼 지난 과거에 대해 이야기를 하고, 가끔은 우리와 동떨어진 일상에 대해 이야기했다. 걷다 지쳐 나란히 앉아 진지하게 화장품 이야기를 나누다 보면 순간 꽃과 나무로 꾸며진 카페에 앉아 언니는 핫초코를, 나는 쟈스민 티를 마시는 듯한 기분이 들었다.

"나는 늘 남에게 맞춰 살았던 것 같아. 이기적이지 못한 내 자신이 가끔은 너무 불편했어. 그게 마음이 편한 건 줄 알았는데 아니더라고. 사람들 눈에는 내가 배려하는 착한 아이로 보였겠지만 사실 그런 시선 속에서 나는 서서히 곪았던 것 같아."

언제나 남의 기분 따위 생각하지 않고 내뱉는 나와는 다른 언니를 보며 세상 사람들이 모두 언니와 같다면 얼마나 평화로울까 하는 생각을 했었다. 하지만 정작 본인은 상처투성이가 되어가고 있음을 몰랐다.

　"근데 산에서 이렇게 평화로울 때면 내 자신을 가만히 볼 수 있게 돼."

　가끔 그들과 떨어져 있는 동안 서러울 때 생각나는 건 민아였다. 따뜻한 목소리가 앞에서 나를 끌어당겨 주길 바랐다. 그리고 나와 같은 길을 걷고 있는 민아와 길 끝에서 함께 흘릴 눈물을 생각하면 가슴 한쪽이 포근해졌다. 나는 언니가 이 길을 한수와 같은 취미를 가진 여자 친구 황민아로서 이겨내는 것이 아닐 거라 믿는다. 야무진 행동과 올바른 생각을 말할 때 지금까지 이 길을 견뎌낸 그녀와 나는 우리 생각보다 세상을 더 단단히 살 수 있을 것 같다고 생각했다. 자신이 타인에게서 온 상처가 물러서 터져 버린 연약한 존재라고 했지만 실제로는 강인한 사람이었다.

모닥불 앞에서

워싱턴에 오고 난 후 날씨가 부쩍 쌀쌀해졌다. 오레건에서부터 시작된 비의 끝이 보이지 않을까 기대했지만 날씨는 여전했다. 워싱턴에서는 하이시에라처럼 높은 지대의 산을 많이 지나야 했다. 때문에 산 아래에서 내리던 비는 정상에서 눈으로 내리기도 했고, 비나 눈이 오지 않는 날에도 상황은 좋지 않았다. 뼈마디가 시릴 정도의 새벽 공기에 쉽사리 침낭에서 나오기 어려웠고, 가끔 비가 퍼붓는 날에 정상에서 캠핑을 하면 텐트에 물이 고여 잠을 뒤척이던 날도 하루 이틀이 아니었다.

그 속에서 유일한 희망이라고 일컫는 건 바로 모닥불이었다. 언제부터인가 함께 걷게 된 맨과 민아 그리고 한수와 함께 비가 오지 않는 날에는 길을 걸으며 나뭇가지를 주웠다. 혹은 비가 오는 날에도 산속을 헤매며 나무 밑에 떨어져 젖지 않은 나뭇가지를 모아 모닥불을 피우며 온몸에 서린 추위와 하루의 고단함을 해소했다. 어둠에 덮인 산 속의 저녁. 낮 동안 주워 온 나뭇가지를 서로 모아 불을 피우려고 애를 써본다. 얇고 작은 나뭇가지에 먼저 불을 붙인 후 서서히 불을 키운다. 불이 잘 붙지 않으면 서로가 돌아가면서 바닥에 얼굴을 붙이고 나뭇가지 더미 아래로 바람을 분다.

각자의 냄비를 불속에 넣고 음식을 끓인다. 어제와 같은 라면이지만 모닥불에서 타오르는 나무향이 냄비에 담기면 어쩐지 스토브에 끓이는 라면보다 맛있다고 착각하게 된다. 양말과 신발도 따뜻하게 말려준다. 10시간도 넘게 걸었던 내 발이 유일하게 모닥불 앞에서 편안함을 찾는다. 쉬지 않고 모닥불의 색이 바뀐다. 어두운 공기 아래 냄비의 밑바닥이 그을리고 불은 주황색, 노란색, 빨간색, 파란색을 적적하게 섞어 가며 타오른다. 우아한 불꽃을 보고 있으면 지친 오늘 하루가 회오리처럼 떠오른

다. 모두가 나와 같은 마음인건지 우리는 조용히 불을 바라보곤
했다. 인간이 처음 불을 발견했을 때의 표정처럼 일그러진 미간
에 고민의 자국이 남아있지만 한편으로 조용히 그 시간들을 다
시 걸을 틈을 주는 모닥불의 향이 좋았다.

SUNNY D

　　　　　　　　다시 오르막과의 전쟁이 시
작됐다. 다행인 건 겨울이 오고 있어 차가워진 공기였다. 때문
에 오르막을 오를 때 숨이 막히는 더위와 싸우지 않아도 됐지만
반대로 정상에 바람이 불면 살갗이 찢기는 듯한 추위가 엄습했
다. 인내심이 바닥을 칠 무렵 하늘에서 가랑비가 내렸다. 예고
하지 않은 비바람에 절로 미간이 찌푸려졌다.

　'아, 정말 오르막도 그만. 비도 그만.'

　등에 업은 가방을 그늘 아래에 내려두고 쓰레기봉투로 침낭

을 덮고, 옷가방, 식량들을 순서대로 덮었다. 그리고 가방에 레인커버를 씌운 후 다시 가방을 메고 서둘러 움직였다. 다행히 비는 거세지 않았지만 가파른 경사 때문인지 비가 얼굴로 쏟아부어 눈을 제대로 뜨기 힘들었다. 화가 치밀어 올랐다. 도대체 왜 사서 고생을 하고 있는 거지? 나에게 악담을 퍼붓고 나니 드디어 희미하게 산 정상이 보이기 시작했다. 가쁜 숨을 가다듬고 정상으로 천천히 다가가자 촉촉히 젖은 땅 위에 누군가가 새겨놓은 글씨가 선명히 보였다.

「SUNNY D :)」

SUNNY D의 흔적이었다. 분명 방금 그가 다녀갔음을 알 수 있었다. 그의 이름이 빗물에 씻겨 나가지 않았기 때문이었다. 오르막을 오르며 잔뜩 찌푸려진 미간이 그의 이름을 보고는 스르르 풀렸다. 그의 이름이 흩어지지 않게 조심스럽게 가방을 눕혀놓고 앉았다. 비가 잦아든 덕에 오랜만에 정상 아래로 흐르는 풍경들을 바라보며 사색을 즐겼다.

그는 스코틀랜드에서 왔다. 구부정한 허리에 지팡이로 보이는 하이킹 스틱을 들고 위태롭게 걷곤 했다. 스코틀랜드 특유의 발음으로 간혹 말을 알아듣지 못하면 느리게 다시 말해주곤 했는데 그의 이야기를 듣고 있으면 오래된 추억 상자를 꺼내 보는 듯한 기분이었다. 60세가 훌쩍 넘은 그가 가끔은 나보다 더 길을 즐기고 있노라고 느꼈다. 지천에 깔린 블루베리, 허클베리, 블랙베리를 따먹던 그. 멀리서 오는 내 모습을 보고 열매를 따서 환하게 웃으며 전해주던 그 모습이 선하다.

여행을 하며 느낀 것 중 하나는 나이는 정말 숫자에 불과하다는 것이다. 스물한 살쯤 걸었던 산티아고에서의 기억 중에도 길을 걷다 만난 바에서 시원하게 맥주를 따르던 노인의 모습이 있다. 그 당시 그 모습을 보며 적잖은 충격을 받았다. 내가 가진 관념을 깨버리는 할아버지의 모습을 본 이후로 나는 종종 친구들에게 결심 아닌 결심을 이야기했다. '내가 늙는다면 꼭 멋진 펍을 운영하는 할머니가 될 거야.'라고.

이토록 긴 길을 나보다 더 오래 견뎌낸 그, 스페인의 작은 펍에서 맥주를 따르던 히피 할아버지, 길거리에서 바이올린을 연주하던 할머니… 내가 가진 편견이 부끄러워질 만큼 그들은 인생을 즐기고 있었다. 이가 하나 빠졌대도 어떤가. 자신을 멋대로 판단하는 젊은이들에도 아랑곳하지 않고 매 순간을 즐기는 모든 여행자들이 진정으로 바람과 태양을 닮은 순수한 사람들이 아닐까.

비가 멈췄다. 이곳에 오래 머물렀기에 가방을 다시 메고 떠날 채비를 한다. 그전에 그의 이름 옆에 내 이름을 써내려 갔다.

「Soo or Shide ;)」

이름을 쓰고 걸어왔던 오르막을 뒤돌아보자 저 멀리서 환한 웃음을 가득 안고 힘겹게 오르는 SUNNY D의 모습이 꿈처럼 다가온다.

선명한 어른

지난 6개월을 돌아보니 그간 계절의 변화를 온전히 느끼고 있었다. 사막의 더위, 하이시에라의 봄, 가을을 준비하던 노스캘리포니아, 장마같던 오레건 그리고 워싱턴의 겨울.

드문드문 길가에 흰 눈이 덮여 있다. 낮게 자란 풀들엔 살얼음이 피어 있었고 길가의 식물들이 잿빛을 머금고 겨울을 버텨내고 있었다. 당연히 걸치는 옷들이 두터워지기도 했다.

두껍고 단단하게 변한 건 옷가지뿐만이 아니었다. 계절의

변화를 겪으며 나의 계절 또한 성숙하게 무르익고 있었다. 길의
끝에 서 있는 내 모습을 상상해 보았다. 아메리카노를 못 마시는
나도 여유를 가지고 세상을 천천히 바라보는 시각을 가질 수 있
겠지. 마음이 잿빛으로 타들어 가도 지난날 하이시에라에서 보
았던 무성한 잡초를 떠올리며 인내심을 갖고 버텨낼 수 있겠지.

대자연이 주는 거대함과 그 속에서 아주 작은 나를 발견하
며 철없이 감정을 숨기기보다 나를 진실되게 바라보는 어른이
되고 있었다. 매일 1달러도 채 안 되는 싸구려 라면을 들이키며,
해가 저무는 하늘의 아름다움을 만끽하며, 순간순간 계절이 변
화하는 모습들을 지켜보며 나는 조금씩 자라고 있었다. 마치 광
합성을 즐기는 이름 모를 길가의 풀처럼. 오르막과 내리막 그리
고 평평한 길들에 셀 수 없는 발자국을 남겼다. 그 시간 속에서
나의 땀과 과거를 돌이켜 보며 사춘기가 아닌 오춘기를 잘 버텨
내고 있다는 기분이 들었다.

때때로 변하는 계절처럼 나는 그런 어른이 되어야겠다고 마
음먹었다. 가방의 무게에 삶이 짓눌린 듯 아팠지만 아름다운 것
을 보고 경이로워 눈물을 흘릴 줄 알고, 부당한 권리에 분노하

며, 세상을 바라보는 시선이 덤덤해지기보다 매일이 새로운 어린아이처럼 되기를. 아직은 철부지 어린아이처럼 어리광을 부려도 좋을 거라고 했지만 내 키에 열배를 훌쩍 넘는 나무들과 수많은 이정표들을 보고 있으니 철없지만 선명한 어른이 되고 싶어졌다.

수많은 길 위의 계절처럼 다양한 나의 감정을 알아내는 저항 속에서 나는 성장하고 있었다.

외면하고 싶다

어느새 10월의 둘째 주로 접어들고 있었다. 간간히 마을에서 인터넷을 할 때면 하이커들이 미소를 지으며 미국과 캐나다 국경에서 환하게 웃고 있는 사진을 볼 수 있었다. 어느덧 한국인 하이커 열댓 명중 남은 건 민아, 한수 그리고 나뿐이었다. 사실 PCT는 계절과의 싸움이다. 10월 둘째 주가 지나면 폭설 때문에 위험성이 굉장히 커지기 때문에 하이커들은 절대 둘째 주를 넘기지 않는다. 때문에 현재 많은 하이커들이 다음을 기약하며 집으로 돌아가고 있다는 소식을 전해들을 수 있었다.

마지막 큰 도시, 스노퀄미 Snoqalmi 에 도착했다. 그곳에서
우리의 상태는 최악이었다. 계속되는 비에 장비들이 모두 젖어
있었고, 비가 오고 날씨가 춥다보니 끼니를 거르게 됐고 체중은
급격히 빠졌다. 할 수 없이 우리는 아끼던 돈을 신경 쓰지 않고
숙소를 잡았다. 뭐, 네명이서 나누면 그리 나쁜 가격도 아니었
다. 숙소를 잡은 기쁨과 더불어 푸드트럭에서 파는 김치찌개와
비빔밥으로 우리는 그간의 피곤함을 해소했다.

"미국인인데 어떻게 김치를 이렇게 잘 만들지?"

"어머니가 한국 사람이었나 봐. 미국인들도 여기서 테이크
아웃 많이 한다더라!"

즐거운 식사도 잠시, 페이스북을 보던 내 표정이 점점 심각
하게 변했다.

"어쩌지. 국경 쪽에도 이제 눈이 오기 시작했나 봐. 우리 갈
수 있을까? 요 며칠을 생각해 보면 우리 외에 만난 사람이라곤
SUNNY D뿐이잖아. SUNNY D도 여기서 포기할 거래. 다음을
기약한다고."

"이 상태로 비가 계속 오면 사실 위험하지. 우리 신발은 러닝

화여서 눈에 굉장히 약해. 자칫하면 동상에 걸릴 수도 있고."

"더 나쁜 소식은… 워싱턴에 태풍이 찾아온다는데…?"

구글로 날씨를 검색하던 맨이 작은 목소리로 이야기를 이어나갔다. 지금도 날씨가 좋지 않은데 태풍이라니. 200마일을 앞두고 상황은 더욱 나빠지고 있었다. 미국에 살고 있는 맨은 심각하게 내년을 기약할지 고민하고 있다고 솔직히 털어 놓았다. 우리도 위험성을 안고 걷기 싫었지만 그와 우리의 상황은 달랐다. 다시 200마일을 걷기 위해 비행기를 타고 오는 우리보다 몇 시간 남짓 차를 타고 오는 그가 선택에 더 자유로울 수밖에 없었다.

상황이 나빠질수록 우리는 아무런 생각이 나지 않았다. 깊은 마음 언저리에서 집착이라는 단어가 누둥실 떠올랐다. 이번 길을 꼭 이겨내고 싶다는 오기랄까. 그러다 보니 우리 셋이 공통적으로 갖고 있던 건 현실에 대한 철저한 외면이었다. 그래도 솟아날 구멍은 있지 않겠냐며, 지금까지 행운의 신이 우리를 도왔던 것처럼 기적 같은 일이 펼쳐지지 않겠냐는 위험한 기대까지 하면서 말이다.

"모르겠고. 내일 비나 더 퍼부었으면 좋겠다. 하루 더 쉬게."

"그러면 진짜 큰일날 거야. 우리 끝내지 못할걸?"

"있잖아, 근거 없는 추측인데 우리만큼은 이 길을 끝낼 수 있을 것 같아."

숙소로 돌아가는 길에 네 사람 모두 깊은 고민에 빠진듯 했다. 비가 추적추적 다시 내리기 시작했고 어느 때보다 숙소는 아늑했다. 하지만 평화도 잠시, 길을 끝내면 여행을 떠나자던 조쉬가 뉴욕행 비행기표를 덜컥 보내 버렸다. 방금 먹었던 김치찌개가 올라올 것만 같은 기분이었다. 그와 여행하는 자체로는 행복했지만 반대로 고민해야 할 게 많아졌기 때문이다. 마지막 길 위에서 철저히 외면하던 현실의 무게가 배로 느껴졌다. 머리가 지끈거리고 속이 미슥거려 침대에 누워 눈을 감고 잠을 청했다. 그날 밤 꿈에서 눈 덮인 산 속에서 길을 헤매던 내가 나를 뚫어지게 바라보고 있었다. 마치 더 이상 외면하지 말라던 눈동자 같았다. 잠에서 깨어 민아와 한수를 흔들어 깨웠다.

"언니, 오빠랑 함께하고 싶은데, 있잖아. 조쉬가 비행기표를 덜컥 끊어 놨고, 사실 나 조금 자신이 없어. 다음 도시에서 끝내야 할 것 같아. 가는 동안 더 생각해 보겠지만. 두 사람한테 미리 알릴게."

포기할까?

도시로 가는 길의 상태가 좋
을듯 하다가도 좋지 않았다. 아침에 일어나 보니 신발에 고여
있는 물은 얼음장 같았고 새벽의 공기는 무척 시렸다. 그렇다고
침낭에 누워 있을 수도 없었다. 이미 장비가 모두 젖었기 때문
에 몸에 열을 내어 체온을 유지할 수 있는 유일한 방법은 걷는
것뿐이었다. 상황이 극한으로 치닫다 보니 우리가 갖고 있는 것
들을 모두 이용해 몸을 보호했다. 잠을 잘 땐 쓰레기 봉투에 몸
을 넣어 침낭을 덮고, 물을 끓여 물통을 발밑에 두고 잔다던가,
하이킹을 할 땐 양말을 두 켤레 그 위에 지퍼 백을 신고 여분의
신발 끈으로 눈이 들어가지 않도록 입구를 동여맸다.

끼니는 당연히 거를 수밖에 없었다. 점점 비가 거세게 내리고 오르막이 계속 됐다. 입술이 파랗게 질린 채로 오르막을 오르는데도 열이 쉽게 오르지 않았다. 온몸이 젖어서 턱이 심하게 떨리자 모두가 잠시 쉬어가자는 결론을 내렸다. 맨은 나를 위해 차를 끓이고 한수는 담배가 도움이 될 거라며 마지막 남은 담배를 나눠 피자고 했다.

'할 수 있다. 조금만 더 가보자.'

쉬는 시간은 5분도 채 되지 않았다. 모두 가만히 서있으니 더 추웠기 때문이다. 다시 오르막을 올랐고 이윽고 정상이 보였다. 온 세상이 하얗다. 이토록 시린 흰 색은 처음이었다. 점점 발이 감각을 잃어가고 있었다.

"언니. 발에 감각이 없어, 점점."

"수현아. 무조건 발 움직이면서 걸어. 불편해도, 무조건"

문득 지독하게 솔직해지는 이곳에서 내가 나를 향해 쏘아붙이고 있었다.

'가끔은 포기가 빠를수록 좋아. 포기가 빠르면 다른 걸 얻을 수 있잖아.'

수개월의 노력이 시린 바람 속으로 사라지고 있었다. 아주 솔직히 말하면 나는 이 길을 너무나도 포기하고 싶다. 아니, 그 누구라도 고통스러운 어떤 순간을 마주했을 때 나와 같이 포기하고 싶다고 울부짖겠지. 그러나 겹겹이 쌓인 내면 저 밑에서는 포기라는 핑계로 도달하지 못했을 때 감당해야 할 괴로움, 그 쪽팔림이 싫다고 아우성이었다. 극도로 추운 날씨가 계속됐다. 어지러운 머릿속에는 온통 '포기는 빠를수록 좋다.'라는 말이 아른거렸다.

약속과 미련 사이에서

아침이 밝아 짐을 정리하고 서두른다. 스테히킨Stehekin까지는 21km가 남았고 버스는 하루에 4대가 운행된다. 스테히킨이라는 곳은 아주 작은 마을이어서 페리, 경비행기 혹은 우리처럼 하이킹을 해서 들어올 수 있는 숨은 마을이었다. 눈을 떠보니 오전 9시. 다들 서로의 상태를 확인하고 바쁘게 움직인 덕에 막차 전 3시 차를 탈 수 있었다.

버스에 다른 하이커라고는 우드스탁이라는 친구밖에 없었다. 긴장이 풀리자 배가 고파왔다. 통에 붙어 있던 마지막 싸구려 초콜릿 잼과 피넛버터를 나누어 먹자 차가 출발했다. 흰 수

염이 덥수룩한 늙은 노인이 크리스마스 선물처럼 버스 안 승객들을 위해 기타를 치고 노래를 불렀다. 며칠간의 추위가 녹고 있었다.

"우선 숙소를 잡자. 샤워도 하고 맛있는 것도 먹고. 수현이 좀 결정했니? 스테히킨에서 나가면 이대로 헤어지는 건가? 어쨌든 상황이 너무 좋지 않아서 우리도 페리를 타고 도시로 가서 장비 정리를 하고 움직여야 할 것 같아. 아마 60km정도 뛰어넘어야 할 것 같다. 무리야. 이 상태로는."

악화된 상황에 잊고 있던 게 있었다. 생각할 겨를도 없이 이곳을 빠져나가면 PCT를 정리하고 조쉬를 만나 뉴욕을 가야 한다는 것. 다시 마음 한편이 무거워졌다. 이대로 끝인 건가. 차가 몇십 분을 내리 달리더니 마을에 도착했다. 마을에 도착해 작은 슈퍼마켓에서 콜라를 사는데 멀리서 소란이 일었다.

"방을 왜 줄 수 없어요? 돈을 낸다구요!"

우드스탁이었다. 우드스탁과 주인이 실랑이를 벌이고 있었다. 이야기를 자세히 들어 보니 더 이상 하이커에게 방을 줄 수 없다는 것. 비성수기라 그들도 이제 도시로 나가야 한다며 텐트를 치라는 청천벽력 같은 소리를 했다. 그건 우드스탁의 이야기만 아니었다. 멀리 서 있던 우리에게도 해당되는 이야기였다.

"그니까 저기 있는 쉼터를 준다고! 너희에게! 저기서 지내. 이게 좋은 선택이라고."

화가 잔뜩 난 우드스탁은 결국 이해할 수 없다는 표정으로 캠핑사이트를 향해 가고 있었다. 숙소 주인은 호수 앞에 있는 간이 쉼터에 우리를 안내해주며 '미안하지만 우리도 어쩔 수 없네. 불도 뗄 수 있고 지붕이 있는 곳이야.'라고 덧붙였다. 그의 상황을 이해는 했지만 푹신한 침대의 꿈이 깨진 가슴 아픈 순간이었다.

"맛있는 거나 먹자."

오랜만에 따뜻한 음식을 먹을 수 있었다. 스테이크와 감자요리. 우리는 굶주린 배에 음식을 우겨 넣었다.

"수현이 결정했어?"

"모르겠어. 사실 절실하게 끝내고 싶은데 조쉬와의 약속도

문제야. 지금 인터넷도 안 되는 상황이니 조쉬와 이야기를 나눌 수도 없고. 그리고 중요한 건 지금 상황 때문에 60km를 걷지 못 한다는 거. 그게 싫어. 난 다 걷고 싶다고!"

"너도 우리랑 같이 나가서 다시 생각해 보는 게 어때? 내일 배를 타고 나가자. 우선 이곳에서 우리가 결정할 수 있는 건 아무것도 없어. 듣기로는 이미 국경 가는 길에 눈이 많이 와서 막혔다고 하더라. 이것도 문제인 게 마지막 도시에서 산으로 들어가는 길목도 막혔어. 결국 30km 이상 국도를 걸어야 PCT 길로 들어갈 수 있어. 원래대로라면 히치하이킹을 해서 들어가는데…"

"우선 오늘 밤 조금 더 생각하고 내일까지 생각해 볼게. 이대로 끝내고 싶지 않아. 물론 조쉬와의 약속도 중요하지만…"

더 이상 이야기를 하고 싶지 않았다. 뚜렷한 선택을 했다고 믿었지만 결국 외면하고 있었다. 마음 깊숙한 곳에서는 길에 대한 미련이 나를 놓아주지 않고 있었다.

우리들

"미안해, 조쉬."

스테히킨에서 쉐란Chelan이라는 도시로 나오자마자 급하게 전화를 찾아 조쉬에게 전화했다. 한껏 들뜬 목소리로 '뉴욕에 가는 게 너무 신나! 수!'라고 말하던 조쉬에게 나는 상처를 주고 말았다.

"사실 이곳에 큰 태풍이 오고 있어. 지금 엄청 위험한 상황이야. 다른 하이커들은 다들 그만뒀어. 국경까지는 3일 정도 남았는데… 솔직히 말하자면 포기하려고 마음을 먹었어. 하지만… 걷고 또 걷는데 쉽게 포기되지가 않아. 내가 여행비용을 지불할게. 부탁해, 조쉬. 조금만 더 기다려줄 수 있어?"

"수. 괜찮다고 하면 거짓말이지. 너와의 여행을 정말 많이 준비했는데. 있잖아. 네가 건강하다면 난 상관없어. 비행기도 다시 알아보면 돼."

"미안해, 조쉬."

"살아서 돌아오는 거지?"

"아마도"

"죽을 수도 있어?"

"운이 좋지 않으면. 다행인건 나름 팀이 만들어졌어. 민아, 한수, 맨, 우드스탁. 포기하지 못한 중생들이 여기 있어. 우리 다섯 명이 팀을 만들었어. 조쉬, 이해해줘서 고마워. 그리고 미안해."

"미안하다는 말은 그만해. 수, 살아서 돌아와. 그것만 부탁할게."

친구와의 약속을 어겨 버렸다. 이깟 길이 뭐길래. 우리는 가족들과 친구들을 걱정시키면서도 끝내려고 하는 걸까. 그리고 우리들이 뭐길래 그들은 끝까지 응원해 주는 걸까. 조쉬와의 전화를 끊고 전화를 빌린 호텔 리셉션에서 멍하니 천장을 보고 있었다. 즐겁고 모험적인 날들 그리고 그 속에서 나를 묵묵히 지켜주던 사람들. 내가 뭐라고. 끝까지 이기적인 내가 씁쓸했다. 쓰디쓴 에스프레소 같이.

"수현아, 얼른 들어가서 새로 사야 할 장비 목록 정리하고 준비하자. 우리를 레이니패스Rainy Pass까지 태워 줄 사람도 구해야 해. 시간이 없어."

회의감에 빠질 새도 없이 분주히 움직여야 했다. 날씨는 점점 나빠졌고 우리에게 남은 시간은 그리 많지 않았기 때문이었다. 우리는 역할을 분담했다. 설산 경험이 많은 한수와 민아가 대장이 되고, 힘이 좋은 우드스탁은 눈길의 앞잡이가 되고, 패트릭은 지도를 보고, 나는 패스까지 태워 줄 사람을 구해야했다. 우선 인터넷에 우리의 사정을 써놓고 기다렸다. 개인 SNS, PCT 커뮤니티 등. 몇 시간 지나 받은 답변이라고는 '너무 위험해. 너희가 죽게 된다면 책임지고 싶지 않아.'라는 실망스러운 대답뿐이었다. 당연한 일이다. 우리는 말도 안 되는 상황에, 10월 첫째 주를 훌쩍 넘어 눈이 허리만큼 쌓인 그곳을 제 발로 들어간다는 미친 사람들이었으니까.

몇 시간이 지나 2015년 PCT 하이커이자 희종의 친구인 탱크로부터 연락이 왔다.

'너희가 있는 곳까지 내일 아침에 갈 테니 준비해놓고 있어. 장비를 산다고? 우선 그 근처 장비가게를 알아볼게.'

솟아날 구멍은 있었다. 이러한 상황에서도 기적 같은 일이 벌어지고 있었다. 생각해 보면 PCT는 그리고 나의 여행은 혼자였지만 혼자가 아닌 길이었다. 이깟 길 위에 나 따위가 스스로를 볼 수 있었던 건 지난 겨울을 함께 지냈던 마다가스카르의 추억과 사랑하는 가족과 친구들이 끊이지 않고 기억 속에 남아 있었기 때문이다. 그리고 지금. 내 곁에 있는 사람들이 4,300km라는 기나긴 길을 만들어 준 게 아닐까. 수많은 하이커 엔젤, 히치하이킹을 수락해주던 사람들, 트레일 위 친구들, 그저 나를 응원해 주는 이름 모를 사람들.

혼자였지만 혼자가 아닌 길. 결국 우리들이 있기에 나는 이 길을 당당하게 끝내고 싶어진 게 아닐까. 그러니 우리들을 위해서라도 크게 자책하지 말자고. 힘차게 세상의 끝까지 달려 보자고.

우리는 서로를 믿었다

믿음이라는 희망찬 단어를 조용히 바라보고 있으면 심해를 헤엄치는 기분이 든다. 살면서 우리는 얼마나 많은 믿음을 주며 살아가고 있을까?

굽이진 비탈길. 처음 레이니 패스로 가는 길은 비에 젖어 촉촉한 정도였다. 20분이 지나고 30분이 지나고 탱크의 표정이 점점 어두워졌다. 탱크뿐만이 아니었다. 차에 타고 있던 우리들 모두 창 밖 풍경을 바라보며 숙연해졌다. 고도가 높아지면서 귀 속에서는 기포들이 펑 하고 터지는 소리들이 들렸다. 온 세상이 하얗다. 하늘마저 구름에 가려져 있다. 엔진이 굉음을 내며 힘을 다해 산을 올랐다.

"탱크. 무리하지 마세요. 혹시 돌아오기 힘들 것 같다면 이
곳에 우리를 내려줘요. 걸어갈게요."

막상 탱크가 우리를 태워 준다고 했지만 앞에 보이는 풍경
에 덜컥 겁이 났다. 혹여나 우리 때문에 탱크도 곤경에 처하게
되는 건 아닐까.

"난 너희의 마음을 알아. 간절히 끝내고 싶은 마음 말야. 난
너희를 믿어."

탱크의 차가 어느새 패스와 가까워졌다. 멀리 표지판이 보
이고 그는 이제부터 자신의 차로 움직이기 힘들다며 미안하다
는 표정을 짓는다. 전혀 미안해 할 필요 없는 상황에 그는 끝까
지 우리에게 믿음과 용기를 줬다.

"건강히 너희의 미소를 다시 보고 싶어. 너희 다섯 명 모두
가 자랑스러워."

멀어져 가는 탱크의 차. 우리는 그의 차가 저 멀리 보이지

않을 때까지 손을 흔들었다. 탱크, 네가 끝내지 못했던 PCT를 우리와 함께 끝낸 거라고 생각해줘. 그래도 될 거야. 우린 널 믿고 넌 우리를 믿었으니까.

내일이 오지 않았으면

　　　　　　　　　　　　　태양이 꽤나 반짝이던 낮이
었다. 빨래가 바짝 마를 정도로. 날씨처럼 마음 한가운데가 뻥-
하고 타올랐다. 나뭇잎이 저마다의 색을 뽐내고 손가락 사이로
빛이 새어 들어온다. 끝없이 펼쳐진 길 위에 멀리서 부모님과
별이가 온다. 별아. 이름을 부르며 달려가자 별이가 꼬리를 흔
든다. 보고 싶었다고 말하며 별이의 냄새를 구석구석 맡았다.
볕이 따뜻하다. 별이를 안고 있던 두 팔을 놓자 눈물이 흘렀다.
저 멀리 다시 떠나 버리는 별이를 뛰어서 쫓아가자 절벽이 보인
다. 발 아래로는 끝이 보이지 않는 어둠이었다.

꿈이었다. 꿈에서 깨어 주위를 둘러보니 적막 속에 모두가 자고 있었다. 눈물을 훔치고 몸을 일으켰다. 어제 산속에서 발견한 화장실에서 하룻밤을 보냈다. 변기가 내 옆에 바짝 붙어 있고 서로가 엉켜 자고 있었다. 젖어버린 신발이 작은 공간 안에서 따뜻한 온기로 채워지고 있었다. 슬리퍼를 신고 민아와 한수를 건너 뛰어 화장실 문을 열었다. 입안으로 시린 공기를 한 움큼 들이마셨더니 냉기가 온몸으로 퍼졌다. 어떠한 말도 할 수 없을 만큼 차가웠다. 언제부터였을까. 가끔 이토록 아름다운 날들에 살고 있다는 자체로 서둘러 죽었으면 좋겠다는 생각을 하곤 한다. 내가 이 아름다운 낭만 속에 파묻혀 죽는다면, 그걸 이곳에 있는 생명들이 허락해 준다면 오늘은 편안히 눈을 감아도 좋을 거라는 생각.

참 웃긴 일이지만 사실은 '이토록 아름다워 죽고 싶다.'는 말이 나에게는 낭만적으로 느껴졌다. 무게감이 실린 그 문장이 혀 속에 튕겨질 때면 나도 모르게 웃음을 지었다. 역시 떠들다 보니 든 생각인데, 난 적당히 살아갈 수 없나 보다. 이토록 아름다운 세상, 고통스러운 빛의 향연들. 그냥, 내일이 오지 않았으면.

절벽 위의 공포

"수현아. 정신차려. 이수현!
언니 봐. 언니 똑바로 봐."

공황상태에 빠지면 이런 기분일까? 순간 귀에 어떤 소리도
들리지 않았다. 그저 위잉위잉 거릴 뿐. 세상이 슬로우 모션으
로 돌아갔다. 눈물조차 속도를 잃고 흐르고 있었다. 망할. 가방
을 버려야 할까. 위태롭게 스틱을 눈 속에 파묻고 내 몸을 온전
히 스틱에 맡기고 있었다.

"괜찮아. 수현아. 언니 말 들리냐고! 이수현! 패닉에 빠지면

안 돼! 야!"

순식간의 일이었다. 가파른 절벽을 가로질러 가던 길이었
다. 앞서가던 민아가 살짝 발을 헛딛으며 눈길이 없어졌고 길에
흠이 생겨 흙길과 얼음길로 변했다. 경험이 많지 않던 나는 그
길을 밟고 그대로 밑으로 떨어지고 말았다.

"씨발!"
메아리가 울려 퍼진다. 악을 품고 소리를 지르자 고요하던
산이 나의 분노로 가득 찼다.

"못하겠어. 언니. 가방을 버릴까. 나 어떻게. 나 못해. 언니.
어떻게."
"수현아. 정신 차려. 언니 너한테 화낸 적 없지. 지금부터 너
한테 화를 낼 거야. 지금 네가 이곳으로 다시 올라올 수 있는 방
법은 내 목소리뿐이야. 내 목소리를 네 발걸음이라고 생각해.
절대 패닉에 빠지지 마. 괜찮아, 밑은 보지 마."
"언니. 못하겠어… 정말… 나 너무 무서워."
"할 수 있어. 너 언니 믿잖아. 괜찮아. 자, 수현아, 내가 하이

326

시에라에서 알려줬던 스텝 기억하지. 지금 네가 있는 곳은 눈이야. 뒷꿈치, 앞꿈치를 이용하자. 우선 몸을 비틀어. 그래. 그리고 오른발 찍어. 괜찮아."

앞서가며 길을 만들던 한수와 맨이 다시 돌아왔다. 우드스탁은 이미 멀리서 길을 만들고 있었기에 상황을 모르는 듯 했다. 눈물이 범벅되어 앞이 흐리기 시작했다. 그저 민아의 목소리에 몸을 움직였다. 공포 속에서 온몸이 떨 시간도 없었다. 민아의 단호한 목소리에 그저 집중을 했을 뿐 그 다음 내가 어떻게 길 위로 돌아왔는지, 내가 왜 이들을 껴안고 주저앉아 울고 있는지 생각이 나질 않았다.

온몸을 파르르 떨며 경기를 일으킬 정도였다. 길 위로 다시 돌아가 못하겠다는 말을 반복하자 모두가 나를 달래기 바빴다. 왔던 길을 돌아가기에는 늦었다는 위로 같지 않은 말과 함께. 그 말이 사실이지만 가까워 보이던 우디패스Woody Pass의 매서운 바람이 더욱 거세게 불기 시작했다. 가까워졌던 캐나다 국경이 몇 십 킬로미터를 채 남기지 않은 채 더욱 더 무섭고 멀게 느껴지던 공포가 순식간에 밀려들었다.

마지막에 다다랐을 때

"꿈을 꿨어. 이제 막 모뉴먼트 78*이 보이려는데 갈림길이 10개가 나오는 거야. 어떤 길로 가야 할지 모르겠더라."

"언니는 그래서 어떻게 했어요?"

"기억이 나지 않아. 꿈에서 깨고 나서 한동안 멍했지. 어쩌

모뉴먼트 78Monument 78 캐나다와 미국 국경에 있는 비석으로 PCT의 끝을 알린다.

면 그 길이 모뉴먼트 78로 가는 길이 아니어도 그리 나쁠 것 같지 않았어. 그럼 다시 길을 걸을 수 있는 명분이 생기잖아."

어둠이 몰려오자 우리는 산 중턱에 텐트를 쳤고 다음날 오전 10시가 넘어 하이킹을 시작했다. 모두가 지쳐 있었다. 핸드폰을 꺼내 날짜를 보니 이미 3일이 지났고 음식조차 절약해서 먹어야 할 판이었다. 하지만 다행스러운 건 내리막이 계속될 거라는 것과 몇 마일 남지 않았다는 것. 내일쯤 도착할 수 있겠다는 희망이 있었다. 수능을 앞두고 날짜를 세는 듯한 기분이 들었다. 내일이 마치 거대한 날처럼 느껴지기 시작했다. 내 마음이 변덕스러운 건지 문득 어제 왔던 길을 돌아보니 이대로 끝내는 게 영 아쉽기도 했지만 어서 이곳을 빠져나가 사랑하는 사람들에게 나의 생존을 알리고 싶었다.

누군가의 말이 떠오른다. 만약 길의 마지막에 다다랐을 때 국경으로 가지 않고 다시 돌아간다면 그것 또한 멋지지 않을까라며, 그러면 자유로운 이 길을 다시 즐길 수 있는 명분이 생기는 것 아니겠냐고. 꽤나 멋진 결말을 줄 것 같다. 내 선택에 따라 길의 마침표가 지어지는 거니까. 하지만 내가 수많은 길을 걸으며, 오랫동안 여행하며 느낀 것은 채웠다면 비워낼 줄 알아야 한다는 것이다. 새로운 도전을 맞이하고 나라는 사람에게 깊숙이 다가가기 위해 채움과 비움을 받아들이는 것이다.

짓궂던 날씨가 풀리기 시작했다. 마르지 않은 땅 때문에 신발이 엉망이 되었지만 멋진 연인으로 남기 위해 신발 끈을 다시 단단히 메고 마지막을 향해 달려간다.

길의 끝

'2016년 5월 10일 오전 7시 22분 시작, 2016년 10월 20일 오후 8시 01분 끝. PCT 안녕.'

내리막을 내리 달렸다. 머리에 달린 헤드 랜턴에만 의존한 채 어두운 숲을 지나자 멀리서 모뉴먼트 78 비석이 보이기 시작했다. 앞서 도착한 친구들이 비석 앞에 서 있었다.

"우리가 해냈어!"

"이제 내려가면 뭐 먹지?"

우리는 시답지 않은 농담을 던지며 우리가 이뤄낸 대단한 일은 잠시 잊고 말았다.

6개월이라는 시간이 걸렸다. 멕시코부터 캐나다까지 4,300km. 두 발로 걸었다는 사실이 아직도 실감나지 않았다. 큰 감정의 변화 없이 무덤덤하게 비석을 바라보았다. 미드 포인트를 지나며 뜨거운 눈물을 하염없이 흘렸을 때, 길의 끝에 도달하면 많은 눈물을 흘릴 나를 상상하곤 했었다. 하지만 정작 길의 끝에 선 내 감정의 물결은 고요했다. 오히려 공허함에 가까웠다. 무뎌진 걸까. 고대하던 일을 해냈는데 실감할 수 없어서 인지, 이렇게 될 줄 알았기 때문인지 형용할 수 없는 복잡한 감정이 온몸을 관통하는 기분이었다.

길을 빠져나왔다. 내리 이틀을 걸어 캐나다 국경에 있는 롯지에 도착해 그날 저녁 버스를 타고 벤쿠버까지… 3일 동안 감정을 정리할 수 없었다. 길이 이토록 시시하고 허무했던 걸까? 내가 길 위에서 흘렸던 눈물과 웃음들은 도대체 무엇이었을까?

함께 걸었던 친구들은 각자의 집으로 돌아갔고, 민아와 한

수는 캐나다에 남아 워킹홀리데이를 할 예정이라고 했다. 나는 끝까지 믿고 기다려준 조쉬를 다시 만났고, 그와 만나 처음으로 먹었던 음식은 다름 아닌 계란후라이 열두 개였다. 조쉬와 나는 2주 동안 샌디에고, 뉴욕, 푸에타리코를 여행했다. 그리고 다시 토론토로 돌아가서 토론토에 머물렀을 때 친했던 친구들을 만났고, 그간 승무원이 된 보람은 선물이라며 한국행 비행기표를 주었다.

갑작스럽게 여행이 끝나 버렸다. 긴 여정이 끝나던 순간 여전히 나는 삶의 답을 알 수 없었지만 나는 길에서 배운 큰 배움들로 나를 재촉하지 않았다.

오늘을 그리워 할 때

　　　　　　　　　　비가 내리고, 계절이 변하고, 나는 다시 한국에 돌아왔다. 길이 끝난 그 시점에서 나의 시간은 멈춘 채로 그리웠던 사람들을 만났고, 가족들을 만났다. 비행기에서 내리자마자 준기와 함께 광화문을 걸었고 그간 먹지 못했던 음식들을 먹으며, 술잔을 기울였다. 그토록 그리워하던 일상을 보내고 있었다.

　　길 위에서의 날들이 마치 어제의 꿈처럼 지나갔고, 서울에는 겨울이 지나 봄이 왔다. 사람들의 옷차림새가 화사하게 변하고, 거리에는 꽃이 흩날리고 있었다. 봄 풍경과 달리 나는 채워지지 않는 공백을 메우려 애쓰고 있었다. 밥을 먹어도 배가 고팠고 집에 있는데도 집에 가고 싶다는 생각을 하곤 했다. 마음 한구석이 쓰리도록 그날의 감정이 무겁게 나를 짓누른 채.

여행은 좀처럼 내게 큰 변화를 가져다주지 못했다. 이 페이지를 붙잡고 있는 누구라도 '뭐 이렇게 시시하고 부정적이야.'라고 생각할 수도 있겠다. 하지만 여행이 나에게 핑크빛 세상을 가져다 주었다고 말할 수는 없다. 여행에서 돌아온 후 책임져야 할 무게는 더 커졌고, 그전보다 많은 사람들에게 수도 없이 상처를 받으면서도 버텨내야 했다. 그렇다면 나의 6개월간의 길이, 2년 넘는 여행이 시간을 허비한 걸까. 아무리 생각해 봐도 그건 아니었다. 길거리를 걷다가 눈에 보이는 카페에 들어가 창밖을 바라봤다. 문득 번개처럼 그 순간들이 나를 스쳐 지나갔다. 분명, 의미 없는 시간들이 아니었다.

여전히 나는 모르는 게 많지만 하나 분명한 건 앞으로 나아가지 못하고 있을 때, 문득 내 존재가 허무하게 느껴질 때, 그토록 허무맹랑했다고 생각했던 수개월 전의 내 모습이 떠오른다. 케케묵은 먼지 속에서 모인 발걸음들. 사실은 오늘의 나에게,

내일의 나에게 그리고 수많은 나에게 수고했노라고, 그 추억을 삼키며 나는 쓸모없는 존재가 아니라는 큰 깨달음으로 살아갈 거라고. 기나긴 여행에서 얻은 건 나약하지만 이토록 나를 위한 성찰과 고백의 시간에서 나는 제일 멋진 존재로 나아가고 있다고. 그것 하나가 충분한 삶의 쉼표이며 위로였다.

길가에 꽃향기가 진동한다. 그날의 기억을 안고 살아간다는 것 자체가 이렇게나 아름답다. 그것만으로 충분할 것 같은 어느 날을 보내며 끝냈지만 끝내지 못한 길에게 작별 인사를 했다.

See you on the trail.

더 나은 길을 위한 우리의 약속

쓰레기는 산에 버리지 않기

PCT를 관리하는 봉사자들이 있다. 이들이 철저하게 관리해 주는 덕분에 아름다운 하이킹을 즐길 수 있다. 하지만 모두 함께 노력하기 위해서 길 위에 절대 쓰레기를 버리지 않는 것이 좋다. 나는 휴지 한 장도 다 비닐에 담아서 근교 마을로 내려갔을 때 한 번에 버렸다. 우리가 걸었던 길이 아프지 않게 쓰레기는 절대 산에 버리지 말자.

물 근처에서 설거지 하지 않기

하이커들은 물에 굉장히 예민하다. 간혹 강이나 계곡 근처에서 설거지를 하면 다른 하이커들의 눈살을 찌푸리게 할 수 있다. 따라서 설거지는 물에서 조금 떨어진 곳에서 하자.

길을 만들지 말기

조금 더 빨리 가보겠다고 길을 만들어 가는 일은 삼갔으면 한다. 다른 하이커에게 혼란을 줄 수 있고 위험하며, 하이커의 매너가 아니기 때문이다.

도움을 얻었을 때 감사의 표시하기

하이커 엔젤의 도움을 받거나 기부 형태로 운영되는 엔젤 하우스에 머물렀을 때 감사를 표하자. 아무리 그들이 PCT 하이커를 대견하게 여겨 아무런 대가를 요하지 않는다고 하더라도 그들에게 작은 감사의 표시를 하는 걸 잊지 말자. 돈을 받지 않는다면 마음으로 충분히 할 수 있다.

무리하지 않기

끝내는 것에 초점을 두다가 무리하게 걷는 경우가 있다. 자신의 건강을 잘 돌보며 자신의 속도에 맞춰 걷는 것이 정말 중요하다.

곰을 만났을 때 죽은 척 하지 않기

알아두면 유용한 상식이라고 해야 할까? 곰을 만났을 때 죽은 척 보다는 자신의 몸을 활짝 펴고 이상한 소리를 내어 떠나가게 하는 것이 좋다. 하지만 가장 좋은 건 곰 스프레이를 들고 다니는 것이다.

번외

다시 길 위에서

내가 돌아왔다

　　　　　　　　　3년간의 여행을 마치고 한국
으로 돌아왔다. 붐비는 인파 속에서 친근한 언어가 내 귀에 들
어오기 시작했고, 익숙한 글씨체가 내 눈앞에 보이기 시작했
다. ○○모텔, 제일식당, 삼익아파트, 남부터미널, 안주일체, 육
천 원….

　꽤 오래 누구보다 자유롭고 행복하게 여행한 내 입에서는
여행이 싫다는 소리가 나왔고 친구들은 그 말을 믿지 않았다.
그저 술에 취한 이수현의 취중진담으로만 생각했고, 항상 나에
게 '넌 그래도 하고 싶은 거 했잖아. 넌 다시 떠나게 될 거야.'라

고 말했다.

여행으로 인한 공백 기간 3년, 짧지만 세상은 빠르게 변했다. 담배 값이 올랐고, 대통령이 바뀌었다. 이제 더 이상 소주가 싸구려 술이 아닐 만큼 비쌌고, 대학교 시스템은 이전보다 편리해졌으며, 학교에는 나와 7살, 많게는 8살 차이 나는 친구들이 내 스무 살 적 단골 술집에서 고주망태가 되도록 술을 먹고 주정을 부린다. 나와 함께 스무 살을 빛내던 철부지 친구들은 토익이며 자격증이며 학점이며 어엿한 복학생 역할을 멋지게 해내고 있었다. 그러나 마음 한 구석에 하얗게 진 응어리가 나를 다음 계절로 보내주지 않았다.

처음이 어려울 뿐 그다음은 그다지 어렵지 않다. 여행을 오래 다니고 돌아온 후 가장 큰 변화라 하면 떠나는 것에 대한 변명을 굳이 하지 않았고, 언제든 가볍게 떠날 수 있는 용기가 생겼다. 나는 작년에 걷지 못한 100km 워싱턴 구간을 걷기 위해 미국행 비행기표를 사는데 몇 분 걸리지 않았다. 귀국 날에 맞춰 강연이며, 아르바이트를 강행했다. 사실 들고 갈 짐꾸러미들은 고스란히 남겨져 있었으므로 준비할 건 딱히 없었다. 마지막

대학생의 여름방학을 즐기기 위해, 작년에 걷지 못한 한을 풀기 위해 나는 또다시 거대한 미국 땅으로 가는 비행기에 몸을 실었다.

100km 구간을 걷기에는 이른 감이 있었다. 저번과 같이 폭설 때문에 걷지 못하는 상황이 없어야 하기에 PCT로 돌아가기 전 오레건 코스트 트레일Oregon Coast Trail을 걸었다. 2~3주 동안 해안가를 따라 걷는 하이킹이었고, 마침 이번 년도 한국인 하이커들과 연락이 닿아 PCT를 함께 걷겠다고 결심했다. 그 시간 동안 마음을 다잡았다. 하이킹 도중 음주가 절대 허용되지 않았던 그때와 다르게 바다 근처에서 캠핑을 하며, 다리 밑에서 모닥불을 피워 몸을 식히기도 하는가 하면, 팩와인을 가방에 꽂고 다니기도 했다.

1년이라는 일상이 있었지만 하이커의 모습으로 돌아오는 데에 그리 오랜 시간이 걸리지 않았다. 며칠 만에 발바닥은 새까맣게 변했고, 옷에서는 쩌든 냄새가 나고 히피들이나 부랑자들이 나에게 친근하게 다가와 말을 거는 게 일상이 됐다. 싸구려 와인, 싸구려 미국 라면, 모닥불, 안개 낀 해안가의 모습을 보녀 입가에 진심이 담긴 미소가 빈졌다. 그제서야 전에 느꼈던 공허함이 채워지는 듯했다.

나는 이렇게 살아갈 수밖에 없구나. 왠지 안도감이 밀려왔다. 퉁퉁 부은 얼굴로 텐트를 열어 세상 밖을 보았다. 부서지는 파도와 해무, 그리고 안정감을 주던 시멘트 천장 아래서 맞는 아침이 아닌 자연이 주는 불안정한 아침이 밝았다.

이제 묵묵히 걸어야 할 시간이 다가오고 있었다.

우리는 운명이었고
운명은 곧 인연이 될 거야

아주 오래 전 여행지에서 만 난 친구가 운명과 인연을 얘기하며 헤어지는 길 위에서 했던 말 이 생각난다. 우리는 언제 다시 만날 수 있을지 모르는 이별을 기약했지만 지구는 둥그니까 세상을 걷다 보면 언젠가 다시 만 날 수 있지 않겠냐며 아주 1차원적인 농담을 주고받았다. 그때 그 친구가 했던 말이 있다.

"우리는 운명이었고 운명은 곧 인연이 될 거야."

이십대 초반의 몽글했던 감정이기에 받아들였던 허세 넘치는 친구의 말이, 지나고 보니 여행과 삶 대부분에 적용되는 것 같았다. 100km 챌린지를 위해 PCT 길로 돌아 온 첫날, 작년에 나를 괴롭히던 허리까지 쌓인 눈은 어디로 가고 푸르게 빛나는 길을 마주했다. 절벽이 꽤나 심한 길이어서 정신을 바짝 차리고 앞을 보며 걷는데 황량한 길 반대편에서 익숙한 색채가 내 쪽으로 걸어오고 있었다.

파란색 티셔츠, 무지개 머리띠, 엉금엉금 걷는 걸음걸이. 나는 저 멀리에 있는 이가 단번에 누군지 알 수 있었다. 그녀는 작년 나의 트레일 친구 선샤인이었다. 우리가 점점 가까워질수록 이게 가능한 일인가 싶었지만 입가엔 미소가 지어졌다.

"선샤인!"
"수!"

서로의 안부를 채 물을 겨를도 없이 그저 네가 이곳에 어떻게 다시 왔냐는 질문을 늘어 놓으며 서로를 보았다. 이 길에 대한 미련을 함께 나눈 동지로서 비슷한 감정이 교류하기 바빴다. 선샤인은 작년에 날씨 때문에 나보다 한참 전에 집으로 돌아갔고, 미처 걷지 못한 구간을 걷기 위해 다시 돌아왔다고 했다. 나 또한 길을 끝냈지만 100km에 대한 죄책감이라는 기나긴 변명으로 이 길로 돌아왔다고 말했다.

우리는 지구 반대편에서 1년이라는 시간을 교류 없이 지냈지만 기억 속에서 서로의 미소와 걸음을 추억으로 삼고 있었다. 언젠가 우리가 걷다 보면 또다시 만날 거라는 얄팍한 믿음을 가지고. 우리가 애초에 이 길에서 친구가 된 운명의 연결고리는 텔레파시가 아니었나라는 생각이 들었다. 내가 이 세상에 태어난 게 낭만적인 운명이 아닐지 몰라도, 살아가면서 일어나는 무수한 일들은 선택이라는 운명으로 이야기를 채우는 게 아닐까? 그런 이야기들이 모여 살아가는 게 우리가 아닐까.

짧은 만남을 뒤로한 채 서로는 다시 자신의 방향을 향해 걷기 시작했다. 우리는 언젠가 다시 만날 수 있을까?

다시 돌아가는 길

여행을 다녀와서 달라진 게
몇 가지 있다. 이를테면 추구하는 가치, 좋아하는 디자인, 좋아
하는 향과 좋아하는 음식. 내가 무엇을 좋아하는지 그리고 내
주위에 무엇이 있었는지를 알게 됐다.

혼자 여행한다는 건 사실 무척 지루한 일이다. 하루 종일 만
원버스에 앉아 국경을 넘던 때, 벌레가 기어 다니던 기차 안에
서 반짝이던 사람들의 눈에 지레 겁을 먹어 뜬 눈으로 밤을 지
새우던 날들…. 매일 밤 텐트에 누워 눈물을 흘리며 먹고 싶은
음식, 보고 싶은 사람들만 생각하던 그 길 위에서 내가 알게된

건 거창한 신념이나 철학 따위가 아니었다. 그냥 내가 좋아하는 것들이 무엇인지에 대해 알게 됐다는 것 그뿐이다. 사는데 있어 자신이 무엇을 좋아하는지, 무엇을 소비하고 싶은지에 대해 잘 알고 있다는 것만큼 행복한 일은 없을 거다. 모르는 것 투성이 던 내가 이토록 성장할 수 있던 건 기나긴 길 위에서 넘어지며 배운, 내 삶의 방식 덕분이다.

나는 여전히 산을 좋아하고, 투덜거리며 오르는 오르막과 숨이 차는 그 순간들이 가장 좋다. 산을 오르고 내려오는 길에 생각을 정리할 수 있는 그 시간을 사랑한다. 서서히 정리된다. 여전히 내가 모르는 게 수두룩하지만 이제 내가 좋아하는 것들 을 마음속에 채우며 나를 돌봐 주자고.

이번에는 돌아갈 곳이 서울이라 다행이라는 생각이 들었다. 가끔 지나가는 외국인들의 백팩만 봐도 울컥하다가 또다시 떠 날 수 있다며 위로할 수 있고, 한남대교를 걷는 그 순간, 이른 아 침 녹사평역, 종로 길거리에 취해 걷는 직장인들, 숨통이 트이 지 않을 때 오르던 남산을 가까이 할 수 있으니까. 그러다가 어 느 계절이 오면 길 위에서의 생동감을 떠올리며 투철한 생존력을 다시금 발휘하며 살게 되지 않을까. 이제 돌아갈 곳에 마음 편히 두발 뻗고 시멘트 천장을 볼 수 있을 것만 같다. 시인의 눈으로 세상을 보라던 류시화 시인의 말을 곱씹으며 정겹게 살아가야지.

에필로그

기나긴 여름의 열기를 한풀
꺾는 소나기가 내린다. 지붕 위에 떨어지는 빗소리에 참지 못하
고 독한 담배를 물고 밖으로 나가 몸을 적셨다. 팽창한 공기 위
에 숨들이 가지런히 자리를 잡았다가 흩어진다.

마침표를 찍을 때의 내 표정을 상상했다. 희망스러울지, 고
통스러울지 혹은 아무런 감정도 들지 않을지. 마침표를 찍기 얼
마 전, 하얀 백지 위에 써내려간 나의 이야기들이 거짓된 소설
같기도 하고 기억상실을 이겨내고 알게 된 진실처럼 느껴지기
도 한다. 여전히 아쉽다. 부족한 글을 쓰는 내가 부끄럽기도 했

다. 하지만 이제 그만 나를 자책해도 된다고 느낀다. 조금은 부
속하고 모나더라도 누군가는 진실된 내 이야기를 들어 줄 수 있
지 않을까?

나의 이야기가 이제 이방인이 되어 머나먼 여행을 떠날 준
비를 한다. 오랜 시간 떠날 준비를 않더니 순식간에 신발 끈을
동여맨 채 나에게 인사할 준비를 하고 있다. 난 괜찮으니 얼른
돌아가라고. 안타까운 마음에 끝을 흐리기만 하고 있다.

내 자신을 무척이나 경멸했다. 그럴 때마다 마음속 깊은 곳
을 어루만지는 건 지나간 애인의 기억도 아니었고, 사랑하는 이
들의 위로는 공백의 일부를 채웠을 뿐이었다. 그저 글을 쓰며
나를 찢고, 나를 위로하며, 나를 울렸다. PCT를 끝냈던 그날 느
꼈던 허망함, 꿈을 꾸지 않고 지냈던 근 2년간의 방황이 드디어
떠난 지금, 어쩌면 난 그 허망함과 방황이라는 이방인을 떠나보
내는 꿈을 꾸며 살아왔던 건 아닐까 하며 스스로를 자위한다.

가방을 메고 당장 떠나라는 것도 아니며, 도전적인 삶을 살
지 않았다고 당신을 나무라기 위해 글을 쓰고 싶지 않았다. 그

저 길고 지루한 슬픈 여름을 보낸 건 당신뿐만이 아닐 거라고. 우리 모두가 퀴퀴한 공기 속에서 함께 버텨내고 있다고. 나 또한 방구석에 처박혀 당신과 우리를 그리워한 나날들이 존재한다는 것 자체가 충분하다며 살고 있다고. 그러다 문득 당신이 마음속 이방인을 떠나 보내주고 싶은 날이 온다면 그때 가벼운 마음으로 다시 시작하자고. 나 자신을 잘 돌봐주자는 그런 잡담들을 채워보며 감히 희망이라는 어설픈 단어를 품었다.

1992년 경기도 평택 출신 그리고 현재 나는 홍제동에 살고 있지만 몇 년 동안 여행을 하며 나름 전 세계에 나만의 은신처, 고향을 만들어 가며 삶을 설계했다. 그러니까 필연적인 고향이 아닌, 선택과 우연으로 만들어진 마음의 고향. 이를테면 지독한 시간을 견디게 해준 영주, 이곳에서 꼭 영화를 찍겠다고 다짐한 하동. 새벽 5시에 물안개 낀 모습을 보며 디주리두를 불던 바라나시, 티벳 종교를 알게 된 세다, 내가 사랑하는 겨울이 아주 긴 토론토, 정말 단 한 장의 사진만 보고 4,300km를 걸었던 후드 마운틴, 겨드랑이털이 나기도 전 환상을 품은 파리.

나는 매일 세상 어딘가를 걸으며 월광을 상상하고, 짐승들의 울음소리를 회상하며 삶을 다시 한 번 동경할 것이다. 나의 삶이 조금은 다행이라고 느껴지는 건 어느 곳이든 마음을 비빌 수 있는 나만의 공간과 상상들이 꾸려져 있기 때문이다.

경상북도 영주에서 글을 마치다.

See you on the trail.

이수현

길 위에서 나는
조금 더 솔직해졌다

1판 1쇄 인쇄 2019년 12월 4일
1판 1쇄 발행 2019년 12월 18일

지은이 이수현

발행인 양원석 **본부장** 김순미 **편집장** 차선화
책임편집 이슬기 **디자인** 지현정, 김미선 **영업마케팅** 윤우성, 김유정, 유가형, 박소정

펴낸 곳 ㈜알에이치코리아
주소 서울시 금천구 가산디지털2로 53, 20층 (가산동, 한라시그마밸리)
편집문의 02-6443-8916   **도서문의** 02-6443-8800
홈페이지 http://rhk.co.kr
등록 2004년 1월 15일 제2-3726호

ISBN 978-89-255-6813-3 (03810)